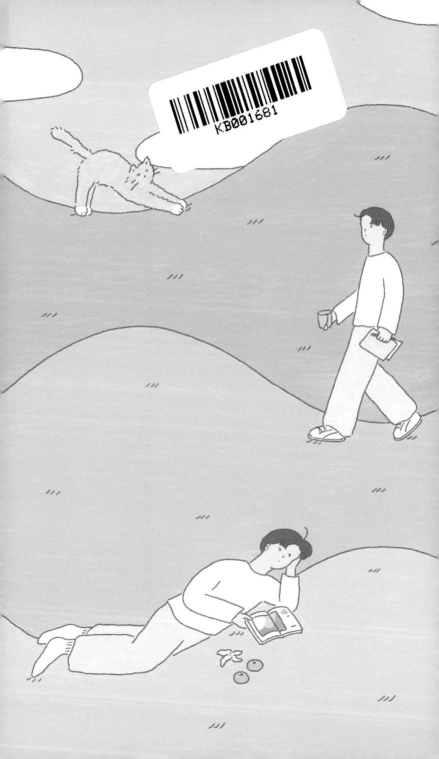

KB001681

무리하지 않는 선에서

오래오래 좋아하기 위해

무리하지 않는 선에서

한수희 지음
서평화 그림

좋은 날도, 그렇지 않은 날도

무리하지 않는 선에서

나는 원래 시시콜콜한 이야기를 좋아한다. 소설을 읽다가도 시시콜콜한 이야기가 나오면 신이 난다. 청소를 하고 옷을 다리고 냉장고를 정리하고 요리를 하는 이야기들. 그런 이야기를 읽고 있으면 이상하게 안심이 된다.

어릴 때 읽은 동화책에서도 찬장 위에 놓인 살구절임을 먹을까 말까 계속해서 고민하는 여자애의 이야기가 유독 기억에 남는다. 만화영화 속 빨강머리 앤과 다이애나가 집에서 몰래 훔쳐온 찻잔에 귀한 사탕이니 초콜릿 같은 걸 두고 소꿉놀이를 하던 장면은 아마 할머니가 되어도 잊지 못할 것이다. 톰 소여가 마시던 유리병에 든 흰 우유도, 하이디가 먹던 검은 빵과 흰 빵도, 잠들기 전에 기도를 하던 초원의 집 소녀들이 머리에 쓴 귀여운 모자도 잊지 않고 있다. 그런 이야기를 읽거나 보고 있는 것만으로도 가슴이 두근거렸고, 지금 떠올려도 마찬가지로 그렇다.

직업상 출근을 하지 않고 매일 집에서 일하고 집 주변을 산책하고 집에서 쉬는 나는 그렇게 시시콜콜한 일들로 하루를 채운다. 아침마다 창을 열어 환기를 하고 식탁 위를 깨끗이 치우고 설거지는 미루지 않으며 늘 빨래를 빨고 말리고 갠다. 화분에 물을 주고 커피를 갈아 내려 마시고 좋아하는 음악을 듣는다. 특별한 일이 없는 한 언제나 식사는 집에서 만들어 먹는다. 그런 하루하루를 소중히 여기며 산다.

하지만 가끔은 이런 의심이 들 때도 있다. 시시콜콜함에의 집착은 어쩌면 퇴행이 아닐까. 어른이라면, 진짜 어른이라면 이래서는 안 되는 것 아닐까. 나는 매일매일의 쳇바퀴를 돌리느라 정작 중요한 것은 보지 못하고 있는 것이 아닐까. 이건 세상이야 어떻게 돌아가든 나만 근심걱정 없이 잘 살면 그만이라는 무책임한 태도가 아닐까. 지금 당장 이 세상의 누군가가 내 평온을 위해 자신을 희생하고 있는 것은 아닐까.

인생은 무자비하다. 그런 것을 이제 40대에 접어든 나는 자연스럽게 깨달아가고 있다. 사람은 누구나 늙고 병들고 예기치 못한 불행을 맞닥뜨린다. 그리고 한때는 당연했던 모든 것을 잃어간다. 그걸 깨달아버린 마음은 쓸쓸하다. 이 와중에 매일 더러워져도 매일 청소하고, 매 끼니를 차려 먹고 또 다음 끼니를 준비하는 이런 일들이 무슨 의미인가 싶을 때도 있다.

몇 년 전 고등학교에 다니는 아이들에게 영화 만들기를 가르치는 일을 할 때, 하루는 내가 사는 낡고 비좁은 주택으로 그 애들을 불러 영화 촬영을 한 일이 있었다. 우리 집은 정말로 낡고 비좁아서 우리 아이들이 가끔씩 "엄마, 우리 집은 가난해?" 하고 묻기도 했을 정도였다. 하지만 나는 우리 집이 별로 부끄럽지 않아서 자주 사람들을 초대했고, 그 고등학생 아이들에게도 우리 집을 보여주고 싶었다. 말로는 하지 않는 이야기를 들려주고 싶었다. 그건 이런 이야기였다.

모두가 다 근사한 아파트에 살 수는 없어. 모두가 다 그렇게 살아야 하는 것도 아니야. 오래되고 낡고 좁은 집에 살아도 그 집을 자기 취향에 맞게 잘 꾸미고 가꾸면 괜찮아. 집은 네 몸을 담는, 네 하루하루가 만들어지는 공간이잖아. 하찮게 취급할 수는 없지. 이런 집에서도 하고 싶은 일을 하고 맛있는 것을 만들어 먹고 사람들과 어울리고 자신을 부끄러워하지 않으며 매일을 충실하게 살아나갈 수 있어. 그런 삶을 살 수 있어. 그리고 너희들이 어디에서건 그런 삶을 살 수 있기를 바란다.

물론 내가 정말로 그렇게 잘 사는 어른이었던 것은 아니다. 나도 그 집이 싫을 때가 있었고 매일의 생활에 만족하지 못하고 앞날이 막막할 때가 태반이었다. 하지만 거짓이나 과장이 조금 섞여 있다고 해도, 내가 그 아이들에게 가르쳐줄 수 있는 것들 중 가장 중요한 것이 그런 것이었다고 생각한다.

거대한 것과 시시콜콜한 것을 동시에 바라보며 살고 싶다. 세상 돌아가는 일에 무책임해지지 않으면서 하루하루의 생활도 잘 살아나가고 싶다. 큰 욕심을 부리지 않고 매일매일 만족스럽게 잠자리에 들고, 또 새것 같은 하루를 기대하면서 눈을 뜨고 싶다.

살다 보면 좋은 날도, 그렇지 않은 날도 있다. 좋은 날을 즐기는 법과 그렇지 않은 날을 견디는 법을 배우며 살고 있다.

이 책에 쓴 이야기들은 모두 그런 이야기들이다.

1길

60이 되어서도 장화를 신어야지

2길

내일도 별일 없기를

3길

중요하지 않지만 필요한 시간

4길

걷다 보니 그렇게 된 것뿐

5길

세상에서 가장 귀한 것

무리하지 않는 선에서

1길

60이 되어서도 장화를 신어야지

장화 신은 할머니

나는 장화를 좋아한다. 장화라는 신발은 얼마나 멋진지.

언젠가 한겨울에 친구와 강원도 정선으로 여행을 간 적이 있는데, 우리는 기차에서 내리자마자 역전 시장에 있는 신발가게에서 안에 털을 덧댄 고무장화 두 켤레를 샀다. 가격은 한 켤레에 만 원 남짓이었을 것이다. 아주 튼튼하고 따뜻한 장화였다. 여행하는 내내 함박눈이 쏟아졌지만 장화 덕분에 발이 시리지도, 미끄러지지도, 신발이 젖을까 걱정하지도 않았다. 우리는 장화를 신은 두 발로 눈 위를 거침없이 헤치고 다녔다. 장화를 신고 눈썰매를 탔고 장화를 신고 수영장에 갔으며 장화를 신고 뷔페에 갔고 장화를 신고 카지노에도 갔다.

그 후로도 몇 번의 겨울을 그 장화와 함께 났다. 집 앞의 눈을 쓸 때도, 눈이 녹아 진창이 된 길을 걸을 때도, 빙판길 위에서도 언제나 장화를 신었다. 장화를 신으면 세상 두려울 것이 없었다.

하지만 장화는 시골 장터에서 산 것인 만큼 모양새가 지나치게 투박했다. 간혹 눈이 많이 내리는 날에 장화를 신고 지하철을 타면 조금 부끄러운 기분이 들었다. 그 장화를 신은 나는 방금 전까지 밭을 갈거나 숲속을 헤매다 나온 사람 같아 보였다.

무엇보다 그 장화가 부끄러웠던 결정적인 이유는 앞부분에 금박으로 메이커의 이름이 새겨져 있었기 때문이다. 기억은 잘 안 나지만 '천리마'나 '말표' 같은 이름이었을 것이다. 멋과는 담을 쌓은, 오로지 실용적인 목적으로만 만들어진 장화. 그 장화는 강원도 정선이나 스칸디나비아 북부의 눈더미를 헤치고 다닐 때나 어울릴 그런 장화이지, 시내에서 신기에는 아무래도 무리가 있었다.

나는 좀 더 날렵한 장화를 사기 위해 여기저기를 기웃거렸다. 하지만 없었다. 싼 장화, 비싼 장화, 촌스러운 장화, 멋진 장화, 온갖 장화가 다 있어도 260밀리의 발 사이즈를 가진 여자를 위한 날렵하고 비싸지 않은 장화는 없었다. 세상이 많이 좋아져서 기성화 중에서도 간혹 255밀리 사이즈를 찾을 수 있게는 되었지만, 260밀리의 발을 가진 여자가 아무 신발가게에나 들어가 제 발에 맞는 구두에 발을 찔러 넣을 수 있는 세상은 아직 오지 않은 것이다. (그런 세상은 얼마나 천국 같을까.)

물론 열심히 찾아보면 내가 신을 수 있는 장화가 있기는 했다. 비싼 서양 브랜드의 장화. 하지만 장화 한 켤레에 10만 원이 넘는 거금을 줄 수는 없었다. 아니 대체 왜 장화 따위에 그렇게 많은 돈을 투자해야 하는 건가.

그런데 몇 년 전 남편을 따라 중국 광저우의 도매시장에 갔다가 한 장화가게를 발견했다. 아무런 무늬도, 메이커의 표시도 없는 심플한 장화들이 잔뜩 걸려 있었다. 나는 그 가게에 들어가서 내 사이즈의 장화가 있는지 물었다. 있었다. 놀랍게도. 나는 무릎 높이의 날렵한 갈색 고무장화를 골랐다. 흥정을 하지 않았는데도 쌌다. 3만 원이 채 안 되는 금액이었다. 나는 그 장화를 사서 집으로 가져왔다. 장화는 우리가 가져간 수트케이스의 절반을 차지해서 짐 싸느라 애를 먹었다.

이제 나는 비가 오거나 눈이 올 때면 광저우에서 온 갈색 고무장화를 신는다. 가끔은 텃밭에 신고 나가기도 한다. 숲에 갈 때도 신는다. 물웅덩이를 피해야 할 필요도 없고 진흙 길도 두렵지 않다. 양말도, 바짓단도 젖지 않는다. 집에 돌아와서는 장화를 벗어서 걸레로 쓱 닦아두기만 하면 된다.

장화는 언제나 현관문 옆에 얌전히 서 있다. 그 장화는 내가 앞으로 떠날 모험의 상징이며 모험의 가능성에 대한 약속이다. 장화가 있으니 세상 어디라도 갈 수 있을 것 같다. 장화가 있으니 전보다 더 씩씩한 여자가 된 것 같은 기분도 든다. 어쩌면 그것이 진짜 나의 모습인지도 모른다.

60이 되어서도 장화를 신어야지. 그럴 수 있으면 좋겠다. 빗물 웅덩이도 피하지 않는, 진흙 길도 씩씩하게 걷는 장화 신은 할머니가 되는 것이 나의 꿈이다. 거의 유일한 꿈이다.

위장과 비장을 위해서

스물다섯 살 이전까지는 속이 더부룩하다는 말이 뭔지 몰랐다. 속 쓰림, 위장질환, 겔포스. 모두 미지의 세계였다. 입맛이 없다는 말도 이해하지 못했다. 밥을 먹고 정확히 20분이 지나면 다시금 배가 고팠다. 나도 내가 무서울 정도였다. 그래서인지 내 키는 대학을 졸업할 때까지 멈추지 않고 자랐다.

스물여덟 살에 임신을 하고 입덧과 함께 모든 것이 시작되었다. 정신을 차려보니 나는 엄마가 30대 때 그랬던 것처럼 매일 트림을 하고 있었다. 이제 내 위는 약하다. 원래부터 약했던지 아니면 약해진 건지, 아무튼 약하다. 유전이다. 외할머니의 위도 약했고 엄마의 위도 약했다. 속이 좋지 않으면 '아, 위내시경 검사를 받을 때가 왔군'이라는 생각이 든다. 거의 1년에 한 번씩 위내시경 검사를 받는다. 이러다가 엄마처럼 40대 후반에 위암에 걸릴지도 모른다. 생각해보니 암에 걸렸을 때 엄마는 정말 젊었었네. 마음이 아프다.

몇 년 전에 책 모임을 하느라 고미숙이 쓴『동의보감, 몸과 우주 그리고 삶의 비전을 찾아서』를 읽었다. 그 책을 읽은 후로 나는 체질과 성격 사이의 연관관계를 믿게 되었다. 선천적으로 위장과 비장이 약한 나 같은 사람은 지나치게 생각이 많다고 한다. 생각해보니 걱정이 되거나 스트레스를 받을 때마다 위가 아팠다. 외할머니와 엄마도 비슷한 성향이다. 그러니 위장과 비장이 튼튼해지면 근심걱정과 불안도 줄어들 것이라고 한다. 반대로 마음을 느긋이 먹고 잡생각을 줄이려 노력하면 위장과 비장도 건강해질 것이다.

하지만 우리는 건강하기 위해서만 태어난 것은 아니므로, 약한 위장에도 뭔가 쓸 만한 구석이 있는 게 아닌지 찾으려 애써보았다. (그러다 보면 사고체계가 긍정적으로 작동하고 또 그러다 보면 위장이 건강해지는 선순환 구조!) 잡히는 대로 입속으로 쓸어넣으며 살다가 내 위가 버텨내지 못한다는 사실을 알게 된 후로는 먹는 데 조심하게 되었다. 예민하고 근심걱정이 많은 성격을 주체하지 못해 불평불만불안을 10년이 넘게 블로그에 도배했고, 그 덕에 칼럼도 쓰게 되고 책도 내게 되었다. 이게 다 내 나약한 위장 덕이다.

얼마 전 엄마가 수원에 용한 한의원이 있다는 정보를 알려주었다. 나는 핫플레이스나 맛집을 추천받기라도 한 것처럼 신이 나서 수원까지 출동했다. 엄마의 기준에서 용한 한의원이란, 이유는 알 수 없지만 어딘지 모르게 마음이 편해지는 장소이며 의사나 간호사가 친절하면서도 불필요한

치료나 한약 조제를 강제하지 않는 곳이다. 그리고 그곳은 엄마의 말대로 괜찮은 곳이었다. 은은한 조명에 깔끔하면서도 소탈한 분위기. 입구의 대기석 옆에는 직접 끓인 쌍화차가 담긴 커다란 보온병이 놓여 있다(무료). 중년의 남자 한의사는 소화가 잘 안 된다는 내 맥을 짚어보더니 말했다.

"스트레스받지 마세요."

그 말이 황당해서 나는 물었다.

"아니, 스트레스를 받고 싶어서 받는 사람도 있나요?"

그러자 의사는 웃으며 다시 말했다.

"스트레스 없는 사람은 없어요."

그때는 이게 무슨 선문답 같은 소리인가 했다. 그런데 나는 종종 의사가 했던 말을 떠올린다. 그 의사가 내게 '나도 스트레스 때문에 죽겠어'라고 고백했을 리는 없을 테고, 아마도 사람으로 태어나 스트레스를 안 받고 살 수는 없으니 그것을 받아들이는 마음의 자세를 달리하라는 얘기였겠지.

사람들은 고민해봤자 해결할 수 없는 문제에 대해서는 고민하지 말라고 말한다. (생각해보니 나도 예전에 그런 글을 쓴 적이 있다.) 어디 그게 말처럼 쉬운 일인가? 그래서 나는 고민이나 스트레스를 몰아내는 대신 나름의 극복법을 찾기 위해 애써왔다. 역시 가장 좋은 방법은 움직이는 것이다.

고민이 있을 때, 마음이 복잡하고 머릿속이 어지러울 때 나는 일단 집 밖으로 나와서 주머니에 손을 찔러넣고 걷기 시작한다. 걷는다고 해결될 일은 없겠지만 걷는 것부터가 시작이니까. 『동의보감』에서도 그랬다. 하체가 튼튼해야 잡생각이 사라진다고.

『동의보감』을 읽은 여자인(정확히 말하자면『동의보감』의 해설서를 읽은 여자인) 나는 건강한 위장과 비장을 위해서 다짐했다. 적게 먹자. 밀가루와 카페인과 술과 기름진 음식을 줄이자. 욕심부리지 말자. 자신을 몰아치지 말자. 어깨에 힘을 빼고 심호흡을 자주 하자. 자연과 가까이 지내며 느긋하게 살기 위해 노력하자. 마음이 복잡할 때는 나가서 걷자.

오래 살고 싶어서가 아니라. 병에 걸리고 싶지 않아서가 아니라. 살아 있는 만큼은 잘 살고 싶어서. 몸이 하는 말을 잘 듣기 위해서. 다름 아닌 나의 위장과 비장을 위해서.

장신 여성의 유머감각

얼마 전 마트에 갔다가 남들보다 머리 두 개만큼 더 큰 여자가 카트를 밀고 있는 모습을 보았다. 남편은 그 여자를 보고 '다 큰 여자가 카트 위에 올라서 있네' 하고 생각했다고 했다. 하지만 그 여자의 발은 바닥에 닿아 있었고 그 여자는 그냥 큰 여자였다. 아마 190센티는 족히 되었을 것이다. 옆에는 남편인지 남자친구인지가 있었는데 그 여자보다 머리 두 개만큼은 작은 남자였다. 그럼에도 그들은 행복해 보였다. 175센티의 나는 내 옆에 선 나보다 5센티 작은 남자를 바라보았다. 우리도 행복하게 산다. 나름대로.

태어날 때부터 단 한 번도 작은 사람이었던 적이 없는 나는 단신의 여성으로 사는 것은 어떤 느낌인지에 대해서 아는 바가 없다. 키가 작은 사람이 키 큰 사람을 부러워하는 마음에 대해서도 모른다. 매일 아침 키 작은 사람으로 눈을 떠서 하루 종일 키 작은 사람으로 살아가며 결국 키 작은 사람으로 잠자리에 드는 사람의 마음을 내가 알 리가 없다.

잘난 척이 아니다. 키가 커서 내가 득을 본 일이 있을 것 같은가. 없다. 놀림을 받거나 눈에 띈다고 농담거리가 되거나 더 혼이 난 적은 많다. 옷이 맞지 않고 신발이 작고 머리가 닿고, 그런 경험은 수도 없다. 피곤한 삶이다. 보통의 사이즈로 태어났다면 겪지 않았어도 좋을 일들을 큰 사이즈로 태어난 덕에 겪고 산다. 무리에 끼고 싶어도 나는 잘못 고른 쭉정이처럼 튀어나와 있다. 그래서 나는 박나래의 옆에 서 있는(때로는 박나래를 옆구리에 끼거나 목을 잡고 질질 끌고 가기도 하는) 장도연을 볼 때마다 마냥 웃을 수만은 없다. 부끄러움과 어색함으로 얼룩진 나의 유년이 주마등처럼 흘러가기 때문이다.

하지만 나는 장도연을 좋아한다. 언제 어느 상황에서건 꿋꿋이 농담을 던질 줄 아는 여자란 얼마나 멋진가.

키가 크면 보통 이런 말을 귀에 딱지가 앉도록 듣고 살게 된다.

"뭐 먹고 그렇게 키가 컸어요?" (밥입니다.)

"키 커서 좋겠다." (대체 좋을 일이 뭐가 있는지 한번 바꿔서 살아보시겠습니까.)

"농구 선수예요?" (몸치입니다.)

그런데 그 말들 중 가장 황당한 말이 무엇인지 아는가? 바로 이것이다.

"그 키, 나 좀 잘라 줘요."

농담을 잘 받아치지 못하고 요령이라고는 없던 진지한 나는 이런 말을 들을 때마다 진땀을 뻘뻘 흘리곤 했다. 웃지도 울지도 못했다.

세월이 흘러 나는 40대가 되었다. 이제 나 정도의 키는 나이 든 여자'치고는' 좀 크다 싶을 정도로 키 큰 여자들이 많아졌다. 간혹 거리에서 나보다 더 큰 여자의 옆을 지나칠 때면 묘한 기분이 들곤 한다. 그건 일종의 굴욕감과도 비슷하다. 안 그렇겠는가. 나는 항상 남의 정수리를 내려다보는 위치에 있었는데 반대의 처지가 된 것이다. 이제야 키 작은 사람들의 마음을 조금이나마 이해할 수 있을 것 같은 기분이 든다.

몇 개월 전, 허리가 아파 물리치료를 받으러 간 적이 있다. 아침부터 사람이 얼마나 많은지 침대에 눕는 데만 20분이 넘게 기다려야 했다. 키도 크고 허리도 길어 허리 건강에 유의해야 한다고 조언해주던 물리치료사는 40대 후반 정도로 보이는 아주머니였는데, 다정하고 솜씨 좋은 사람이었다. 아주머니는 내 허리에 핫팩을 대어주고 아픈 부위에 패드 같은 것을 붙인 후 전기치료도 해주고 젤을 묻힌 방망이 같은 것으로 마사지도 해주었다. 아주머니는 커튼을 친 조용하고 어둑어둑한 공간에서 내 허리를 만지며 나지막한 목소리로 이런저런 이야기를 해주었다. 마치 이 세상에 우리 둘밖에 없는 것처럼.

그래, 이 많은 사람이 물리치료를 받으러 다니는 이유는 바로 이것 때문이야. 다정한 사람을 만나고 싶어서, 누가 나에게 잘해주는 게 좋아서, 케어받고 싶어서. 나는 응석받이가 된 것처럼 그 기분을 한껏 누렸다. 어린아이나 고양이가 된 것처럼 친절 속에 푹 파묻혀 허리를 지지고 두드려맞았다.

그러다 아주머니는 자기 아들 이야기를 꺼냈다. 아들이 스무 살이 넘었는데 키가 170센티도 안 되어 고민이라고 했다. 나는 키 커서 딱히 좋을 것도 없다고 했다. 아주머니는 신기해하면서 예의 그 한마디를 던졌다.

"그럼 그 키 나 좀 떼 줘요."

나는 1초도 고민하지 않고 이렇게 답했다.

"제발 가져가십쇼."

우리는 커튼 안에서 함께 웃었다. 키 큰 여자로 살면서 농담을 받아칠 줄 알게 되는 데 무려 40년이 걸렸다.

나의 워크 앤 라이프 밸런스

나는 집에서 일을 한다. 집이 사무실이고, 사무실이 집이다. 거실에 있는 커다란 식탁 위에 잔뜩 늘어놓고 앉아서 창밖의 나무를 바라보며 일을 한다. 아이들의 방학 기간이 아니라면 낮 동안 집에는 나 혼자만 있다. 아이들은 일찍 학교에 가고, 늦게 자고 늦게 일어나는 남편은 내 눈치를 슬슬 보다가 사무실로 일을 하러 나간다.

집에서 일을 하면 좋다. 우선 아무렇게나 입고 있어도 된다. 나는 주로 잠옷을 입고 일한다. 화장을 하지 않아도 괜찮다. 그래도 양심은 있으니까 세수하고 양치질은 한다. 무언가 먹고 싶을 때는 크게 고민하지 않고 냉장고를 연다. 살림을 하는 집의 냉장고는 언제나 비어 있는 법이 없다. 배를 채워야 한다는 일념으로 별로 먹고 싶지도 않은 음식을 사 먹지 않아도 되니 좋다.

집에서는 일이 안 돼, 하고 말하는 사람들이 있는데 나는 집에서도 일이 잘된다. 왜 그런가 하면 집에서 일을 할 수 있도록 꽤 오랜 시간 동안 공을 들여 나 자신을 조련했기 때문이다. 습관은 바꾸기는 힘들지만 한 번 바꾸면 몸에 새겨진다. 그럴 때는 나를, 말을 더럽게 안 듣는 한 마리의 조랑말이나 지옥견이라고 생각하면 된다.

우선 나는 나 자신에게 너무 많은 걸 기대하지 않는다. 익숙해질 때까지 기다려주고, 기다려주고, 또 기다려준다. 한 번에 다 될 리가 없다는 사실을 마음에 새긴다. 말을 잘 들었을 때는 적절한 보상도 줘야 한다('오후 2시까지 이걸 다 끝내면 맥주를 마시며 일할 수 있어!'). 그렇게 집에서도 눈을 뜨면 무조건 자리에 앉아 일을 하는 몸이 되는 데, 무려 10년이 걸렸다. 이럴 수가. 곰이 사람이 되는 것도 이보다는 빠를 것이다.

얼마 전 친구가 집에 놀러 와서 사시사철 두툼한 매트가 깔려 있는 우리의 침실을 슬쩍 보더니 이렇게 말했다. "나 같으면 하루 종일 여기 누워 있고 싶을 것 같아." 그러고 보니 나는 낮 동안에는 단 한 번도 거기 눕고 싶다는 생각을 해본 적이 없다. 아프지 않은 한 누워본 적도 없다. 나는 잘 조련된 한 마리의 조랑말(또는 지옥견). 내게 프로그래밍된 일과에는 낮에 매트 위에 누워 있는 일 따위는 없다. 갑자기 혼란스럽다. 나는 대체 뭐가 된 건가.

아무튼 집에서 일을 하다 보면 집중이 잘된다기보다는 나의 산만함에 관대해진다. 나는 10분 쓰고 벌떡 일어나서 책꽂이를 정리한다. 다시 자리로 돌아와서 5분쯤 쓰다가 벌떡 일어나 청소를 한다. 청소를 끝낸 후 또 10분쯤 쓰다

배가 고파져 부엌으로 달려가서 밥을 차려 먹는다. 밥을 다 먹고 다시 10분쯤 쓰다 갑자기 떠올라 세탁기 속의 빨래를 건져낸다. 쓰다가 빨래를 널고 쓰다가 설거지를 하고 쓰다가 서랍을 정리한다. 나처럼 산만한 주부에게는 매우 생산적인 일과다. 바깥일과 집안일을 한 큐에 해결하는 일타쌍피의 업무 스케줄. 이것이야말로 워크 앤 라이프 밸런스의 결정체가 아니고 무엇이겠는가.

전에 도서관에서 여성 작가들의 일에 관한 인터뷰집을 발견해 읽어본 적이 있다. 지금은 죽거나 할머니가 되어버린 작가늘이었다. 대개 헝클어진 머리에 스웨터와 면바지 차림이어도 어쩐지 멋진 그 여자들은 하나같이 이렇게 말했다.

"저는 천천히 일해요."

그렇지. 천천히 해야 오래 할 수 있다.

나는 원래 산만하다. 이 생각을 하다 저 일을 하고 저 고민을 하다 그것을 먹는다. 아무리 고치려 해도 고쳐지지 않는다. 그런 나로 40년을 살아왔으니 이제는 포기할 때도 됐다. 그런 나로도 어떻게든 굶어 죽지 않고 먹고살기 위해 애를 써왔다. 그리고 아직 굶어 죽지 않았다.

글을 쓰고 싶은데 앉아 있는 게 힘들어, 언젠가는 글을 쓸 거야, 이걸 하면 글 쓰는 데 도움이 될 거야, 글 쓰기 위해서 이것도 저것도 다 안 할 거야, 라고 말하는 사람들을 나는 많이 만나왔다. 그런 말을 들으면 그저 의아할 뿐이다.

글은 그냥 쓰면 된다. 누가 읽어주건 말건, 누가 좋아하

x

x

건 말건 그건 다음 문제다. 굳이 말하고 다닐 필요도 없다. 글은 의무교육을 받은 사람이라면 누구나 쓸 수 있다. 그게 그렇게 힘들면 안 하면 그만이다. 글 쓴다고 잘 먹고 잘 사는 것도 아니다.

아니, 잘 먹고 잘살기 정말 어렵다.

더 나은 코트

나에게는 대학 때 산 코트가 한 벌 있다. 잡지 광고 사진 속 그 코트는 정말 예뻐 보였다. 코트를 입으면 그 코트를 입은 여자애처럼 보일 것 같았다. 그 여자애는 부유하고 무심해 보였다. (그리고 웃지도 않았다.) 나는 무리해서 세일도 안 하는 그 코트를 샀다. 그때만 해도 옷값이 그리 싸지 않던 시절이라(방글라데시에까지 공장을 세우지 않던 시대였다) 지금 코트 한 벌을 사는 가격이나 맞먹었다. 나는 무슨 돈으로 그 코트를 샀을까.

아무튼 그 코트는 엄청나게 무거웠고, 다리미로 다려보려다가 소매 부분을 태워먹어서 소매가 해진 채로 입고 다녀야 했다. 심지어 나에게 어울리지도 않았다. 낙타색의 그 코트는 내 누런 피부를 사막처럼 누렇게 보이게 했다. 게다가 한 사이즈 큰 걸 샀더니 한 덩치 하는 나에게도 커서, 기근이 일어나도 3년은 버틸 정도의 지방층을 속에 숨기고 있는 것 같아 보였다. 더플코트라 시대착오적인 느낌도 들었다. 그 코트를 입어도 나는 부유해 보이지도, 무심해 보이지도 않았다. 나는 실망했다. 버릴지 말지 매년 고민했지만 결국 버리지 못했다. 벌써 20년째다.

오늘 아침 집을 나오면서 문득 생각해보니, 속옷을 빼놓고는 몸에 걸친 모든 옷이 유니클로여서 당황했다. 동시에 얼마 전 친구가 한 말이 떠올랐다.

"아침마다 출근할 때 전철역에서 마주치는 여자가 있는데 머리끝부터 발끝까지 검은색만 입어. 그런데 딱 하나, 휴대폰만 하얀색이야."

나는 머리끝부터 발끝까지 검은색으로 휘감은 여자가 하얀 휴대폰을 꺼내는 순간을 머릿속으로 떠올려보았다. 친구가 말했다.

"그것도 편해 보이더라."

나도 동의했다.

우리가 말하는 '편하다'는 건 아침에 옷 고를 필요 없겠다는 의미를 넘어선 어떤 것이다. 편한 걸로야 잠옷을 그대로 입고 나가는 것보다 더 편한 일도 없을 테니까.

그건 아마도 삶의 주관이 확고한 어떤 사람에 대한 동경에 가까울 것이다. 주관이 확고하다면, 검은색 말고는 다른 어떤 색도 돌아보지 않는다면, 그 인생은 얼마나 단순명료하겠는가. 얼마나 편하겠는가.

나는 매일 아침 검은색과 흰색과 청색과 카키색과 갈색과 회색 사이에서 갈팡질팡한다. 검은색만 입는다면, 검은색 말고는 입을 색이 없다면, 검은색만 입어야 한다면 얼마나 편할까. 그러나 고민 끝에 나는 어제와 별 차이도 없

는 옷으로 갈아입고 집을 나선다. 차이라고 해봤자 나 말고는 눈치조차 못 챌 차이다. 심지어 내게는 검은색이 어울리지도 않는다.

옷 따위는 신경 쓰지 않고, 제일 잘 어울리는 옷 서너 벌만 매일 돌려 입으면서 살고 싶다. 할 일이나 열심히 하면서 살고 싶다. 그렇게 사는 인생은 얼마나 단순하고 우아하냐는 말이다. 그러나 문제는 아직 제일 잘 어울리는 옷을 발견하지 못했다는 것이다.

나에게는 신경 써야 할 일들이 무척 많다. 옷을 고르고, 이보다 더 괜찮은 모습일 나를 상상하고, 그런 내 모습을 어필할 짬이 없다. 어딘가에 있을지 모를 '더 나은 나'를 찾아 헤매는 일에도 이젠 지쳤다. 나도 할 만큼 했단 말이다.

이제 나는 받아들여야 한다. 지금 이 모습으로 살아갈 수밖에 없다는 것. 간혹 유니클로의 새 옷이 줄 수 있는 약간의 반짝임으로 만족할 수밖에 없다는 것. 그런 것들을.

그런데 그 코트, 20년 전에 산 그 코트가 어떻게 살아남았는지 아는가. 20대 후반에 어떤 남자를 만나서 결혼했는데 그 코트가 그 남자에게 꼭 맞고(그 남자는 나보다 키가 작다) 또 잘 어울리는 것이었다. 이제는 내 남편이 그 코트를 입고 다닌다. 이럴 수가. 세상일은 정말 아무도 모르는 것이다.

코트는 20년이나 되었는데 여전히 새것 같다. 놀라운 일이다. 아마 우리가 60대가 되어도, 70대가 되어도 그 코트는 살아남을 것이다. 그리고 남편과 나, 둘 중 하나는 그 코트를 입고 있을 것이다.

어쩌면 코트는 우리보다 더 오래 살 것이다.

앤 타일러와 삶의 예술

요즘 앤 타일러의 소설 『파란 실타래』를 읽고 있다. 앤 타일러의 소설은 도대체 무슨 재미인지 모르겠는데 책장이 술술 넘어가게 재미있다. 예전에 『노아의 나침반』이라는 소설을 읽으면서도 그랬다. 아니, 이게 대체 무슨 얘기지, 싶으면서도 무슨 일이 일어날 것만 같아서 자꾸만 책장을 넘기게 되는 매력이 있다. 사람들은 멀쩡한 것 같으면서도 다들 이상하고, 이상한 것 같으면서도 다들 멀쩡하다. 그런 그들은 마치 우리 주변에 살고 있는 사람들 같다.

그런데 앤 타일러를 알게 된 것은 다이라 아스코라는 일본 작가의 이름 때문이다. 이 작가는 앤 타일러를 얼마나 좋아했던지 필명을 앤 타일러의 '타일러'를 따서 '다이라'라고 지었다. 내가 무라카미 하루키를 아무리 좋아한다고 해도 무라카미 수희라는 필명은 낯부끄러워 차마 못 쓸 것 같은데, 참 대단한 여자다.

다이라 아스코의 소설도 앤 타일러의 소설 못지않게 재미있다. 단편인 「멋진 하루」와 「애드리브 나이트」는 우리

나라에서 영화로 만들어졌는데, 두 영화 모두 좋았다(특히 전도연과 하정우가 출연한 〈멋진 하루〉는 원작보다 더 괜찮은 영화다). 좋아하는 것을 당당하게 좋아한다고 말하는 데는 때로 용기가 필요하다. 하지만 제대로만 한다면 꽤 근사한 일이라는 걸, 나는 다이라 아스코를 보며 배운다.

앤 타일러 이야기로 돌아가서, 앤 타일러는 대개 대수롭지 않은 일들을 대수롭지 않게 적어 내려가는 것 같지만 이런 기술이야말로 진정 대단하다. 소설 읽는 기쁨이 타인의 삶을 대신 살아보는 것이라고 친다면, 아니 어쩌면 누군가의 집 벽에 붙은 시계나 거울이나 도자기 장식품이 되어 그들의 삶을 몰래 엿보는 것이라면, 앤 타일러의 소설은 바로 그 점에서 완벽하다. 존 업다이크가 이 작가를 일컬어 '그냥 훌륭한 정도가 아니라 끔찍할 정도로 훌륭한 작가'라고 한 것에 수백 번도 넘게 고개를 끄덕일 수 있다.

앤 타일러의 소설을 읽다 보니 문득 얼마 전에 본 동영상 하나가 떠오른다. 어느 나라의 제과점 같은 곳에서 선물용 과자 상자를 포장하는 중년 여성을 찍은 동영상이었다. 여성은 포장대 아래에서 종이를 꺼내 수백 번, 수천 번도 더 해본 일인 듯 무심하고도 절도 있는 동작으로 포장을 시작한다. 가장자리를 살짝 접은 종이를 상자의 바닥에 깔고 접히게 될 부분에는 손날로 선을 긋는다. 그은 선대로 상자를 완전히 감싼 후 리본을 꺼내 정확한 길이로 잘라 묶어 마무리한다.

이러한 일련의 과정에는 망설임도, 머뭇거림도, 실수도,

오차도 없다. 그리고 하나하나의 단계 사이에는 물 흐르듯 유연한 몸놀림이 있다. 그래서 이 선물 포장은 얼핏 무용처럼 보이기도 한다. 포장지의 이쪽 끝을 떠나 저쪽 끝으로 향하는 여성의 팔은 부드러운 호를 그린다. 얼핏 태극권을 연마하는 사람처럼 보일 정도다.

그렇지. 어쩌면 이게 예술인지도 모르겠다는 생각이 든다. 이 여성은 아주 잘하고, 더 잘해보려고 노력하다가 이 경지에 이르렀다. 지금 이 순간 여성은 자신이 포장하는 선물 외에는 아무것도 생각하지 않는 것처럼 보인다. 그렇다고 자기 자신이나 자신이 하는 일을 대단히 중요하게 여기는 것 같지도 않다. 그저 해야 할 일을 하고 있을 뿐이다. 자신을 잃지 않으면서, 지금 해야 할 일을 한다. 그 모습이 내가 아는 앤 타일러와 겹치는 것 같기도 했다.

수천 번도 넘게 해온 일을 하면서 어떻게 기계가 되지 않을 수 있을까. 매일 똑같으면서 어떻게 매일 새로울 수 있을까. 자신을 잃지 않으면서 어떻게 지금 해야 할 일에 몰입할 수 있을까.

우리가 하는 일이 우리를 만들까. 그 말은 맞기도 하고 틀리기도 하다. 예술을 하면서도 예술가가 아닌 사람들이 있고, 컨베이어벨트 앞에서 일하면서도 예술가일 수 있는 사람들이 있다. 그 차이가 무엇인지, 지금부터라도 알아보아야겠다.

40대 주부 한 모 씨의 밋밋한 인생

가끔 20대, 혹은 30대인 누군가가 사고를 당하거나 병에 걸려 목숨을 잃었다는 안타까운 소식을 듣는다. 젊은 나이에 아깝다는 말이 절로 나온다. 마음이 아프다.

하지만 40대가 같은 일을 당했다면? 아아, 그럭저럭 나이를 먹었구나, 살 만큼 살았구나, 라는 생각이 자동반사적으로 든다. 안된 건 마찬가지이지만 일어나서는 안 될 일이 일어난 것 같지는 않은 것이다.

그런데 내가 바로 40대다. 만약 내가 차에 치이거나 창문에서 떨어지거나 병에 걸려 죽게 된다면 아마 나는 '40대 주부 한 모 씨'라는 이름으로 뉴스에 등장할 것이다(뉴스가 나의 사망 소식까지 전할 이유는 없겠지만). 이럴 수가. 믿어지지 않는다. 내가 '40대 주부 한 모 씨'라니. 나와 40대 주부 한 모 씨의 사이에는 건널 수 없는 강이라도 흐르고 있는 것만 같다. 도무지 나와 40대 주부 한 모 씨를 동일시할 수가 없다. 같은 사람인가. 같은 사람이 아니다. 나는 내 인생을 주부로만 살지도 않고 40대로만 살지도 않는다. 솔직히

36

내 나이가 몇인지 생각조차 하지 않고 사는 때가 태반이다.

10대에게 나이는 벗어나고 싶은 구속복일 테고, 20대에게 나이는 날개와도 같고, 30대에게 나이는 부담스러운 무게이겠지만, 40년쯤 살고 나면 나이는 그저 흘러가는 세월일 뿐이다. 인간과는 무관하게 흘러가는 강물 같은 세월. 그러다 어느 날 갑자기 등 뒤의 강물을 바라보며 소스라치게 놀라는 것이다. 내가 이렇게 오래 살았구나.

바다 건너에까지 회자될 만큼 말솜씨가 뛰어난 일본의 배우 겸 감독 기타노 다케시가 그런 이야기를 했다. 동일본 대지진은 2만 명이 죽은 하나의 사건이 아니라, 한 사람이 죽은 사건이 2만 건 있었던 것이라고. 그 이야기를 들으니 뉴스에 등장하는 그 많은 모 씨들의 인생이 한꺼번에 눈앞에 닥치는 느낌이다. 그들 하나하나의 목숨은 그들 자신과 가족, 친구들에게는 세상 어느 것과도 바꿀 수 없이 특별할 텐데, 그들의 죽음이 그들을 둘러싼 세계에 미친 파장은 이루 가늠할 수가 없을 텐데, 그게 고작 나이와 직업과 성별로 뭉뚱그려지다니.

내가 억울하게 죽어도 고작해야 매일같이 일어나는 교통사고로 즉사한 40대 주부 한 모 씨, 암에 걸려 투병하다 세상을 뜬 40대 주부 한 모 씨, 건물이 무너져 깔려 죽은 200명 중의 한 명인 40대 주부 한 모 씨라면 정말이지 슬플 것 같다. 세상 누가 '40대 주부 한 모 씨'의 죽음 같은 데 감정이입을 할 수 있겠는가? 아마 죽어가면서 나는 그 사실을 깨닫겠지. 나는 40대 주부 한 모 씨일 뿐이라는 걸. 죽음이 무서운 이유는 바로 그 때문이다.

그런데 40대 주부 한 모 씨라는 사람은 어떤 사람일까. 40대 주부 한 모 씨의 인생은 과연 애석해할 가치가 있는 것일까. 나는 오래전부터 일기를 써왔고 지금도 매일같이 쓰는데, 그날 한 일이나 일어난 사건을 열거하는 것이 아니라 그냥 그 순간에 생각나는 것들을 쓴다. (주로 몸무게나 돈 걱정.) 하지만 이번엔 일어난 일과 사건만을 열거해보겠다.

40대 주부 한 모 씨는 오늘 아침 6시에 기상해 운동화를 신고 산책을 나갔다. 30분 동안 동네를 한 바퀴 돈 후 집으로 돌아와 밥을 지어 먹었다. 밥을 다 먹고 커피를 한 잔 마시고 아이들을 깨우고 세수를 하고 양치질을 하고 세탁기 안의 빨래를 널고 다시 다른 빨래를 세탁기에 넣은 후 아이들에게 알아서 밥을 먹으라며 시리얼 한 봉지를 던져주고(우유가 냉장고 안에 들어 있는지 확인은 했다) 집을 나와 남편의 사무실로 출근했다. 사무실에 와서 하루 종일 노는 건지 일을 하는 건지 알 수 없는 시간을 보냈다. 그런 식으로 오후 6시가 되면 한 모 씨는 이미 열두 시간을 깨어 있는 것이기에 녹초가 된 상태다. 하지만 생때같은 자식들이 배가 고프다며 아우성을 치고 있으니 어서 빨리 집으로 뛰어가 저녁을 지어 먹여야 한다. 40대 주부 한 모 씨는 매우 일차원적인 인간이라서 피곤하거나 배가 고프거나 졸리거나 춥거나 더우면 신경질을 있는 대로 부린다. 그래서 저녁을 짓고 먹고 설거지를 하는 내내 저기압 상태다. 설거지를 끝낸 40대 주부 한 모 씨가 대충 청소를 하고 빨래를 개고 아이들

의 공부를 봐주거나 이야기를 들어주거나 하면 밤 9시 30분. 이미 40대 주부 한 모 씨는 가수면 상태, 혹은 살아 있는 시체의 상태에 접어들었다. 아이들도 10시가 되기 전에 잠이 든다. 좀비가 된 40대 주부 한 모 씨도 비슷한 시간에 잠이 든다. 그리고 다시 6시가 되면 눈을 뜬다. 운동화를 신고 산책을 나가고 사무실에 가고….

40대 주부 한 모 씨의 인생은 이러한 일상의 무한반복이다. 특별한 일 따위는 일어나지 않는다. 재미있는 사건도, 딱히 의미 있거나 보람 있는 일도 하지 않는다. 매일 똑같다. 쳇바퀴 돌리듯 살아간다. 어느 날 40대 주부 한 모 씨가 사라진다고 해도 주변의 몇 사람을 제외하면 어느 누구도 불편을 겪지 않을 것이다. 세상은 여전히 어제와 같을 것이다.

슬프다.

요즘 나의 아침 산책길에는 얼마 전 발견한 '비밀 정원'에서의 시간이 포함되었다. 동네에 시 소유의 저택이 한 채 있는데, 그 저택의 정원에 누구나 출입할 수 있다는 사실을 이제야 알게 된 것이다.

대문을 지나 돌계단을 올라가면 오래된 부잣집 같은 적벽돌 단층 양옥 옆으로 꽤 넓은 정원이 숨어 있다. 정원은 일부러 깐 잔디가 아니라 바람을 타고 날아온 잡초들로 덮여 있는데 자주 손질을 하는 듯 풀들은 적당한 길이로 잘려 있다. 정원을 울타리처럼 둥글게 에워싸고 있는 것은 수령이 최소 20~30년은 되어 보이는 커다란 나무들이다. 나무 아래에는 벤치와 테이블도 있다. 자연스럽고 소박한 분위기가 풍기는 정원이다.

나는 산책을 마무리하기 전 이 정원에 들러 감나무 아래의 벤치에 앉는다. 이 위치에서는 정원이 한눈에 들어온다. 나무들로 바깥세상이 완벽히 차단되어 꼭 숲속에 있는 것만 같다. 나는 거기 앉아 정원을 바라보며 멍하니 시간을 보낸다. 아름답고 평화로운 시간이다.

문득 내가 죽을 때면 이런 시간이, 이런 풍경이 가장 그리울 것 같다는 생각이 든다. 그때는 이 아름다운 것들을 두고 가야 한다는 사실이 가장 슬프고 아쉽고 또 화가 날 것이다. 가장 완벽한 순간에 나는 언제나 가장 절망적인 상상을 한다.

높게 뻗은 나뭇가지 위로 둥글게 하늘이 보인다. 새들이 가지와 가지 사이를 옮겨다니며 지저귀고, 청설모가 나무기둥을 타고 달린다. 높은 곳의 잎사귀들이 바람에 파도처럼 넘실거린다.

어느 순간 나는 나보다 먼저 떠나야 했던 수많은 사람을 생각하기 시작한다. 그중에서 내가 정말로 좋아했던 어떤 이들을 생각한다. 나의 외할머니와 내가 좋아하는 작가들과 음악가들과 영화감독들과 배우들과 화가들을 생각한다. 그리고 또 수많은 이름 없는 이들을 생각한다. 아주 가까운 사람들을 제외하고는 누구도 기억해주지 않는 그 많은 이들을, 내가 알지 못하는 이들의 삶과 죽음을 생각한다.

그러자 죽음에 대한 혐오와 두려움이 조금은, 아주 조금은 누그러진다. 나는 거의 체념에 가까운 심정으로 그 운명을 받아들이기로 한다. 내가 40대나 50대나 60대나 70대의 한 모 씨로서 맞게 될 운명을. 세상에 태어난 인간으로서 나의 운명을. 누구도 물리칠 수 없는 그 운명을 담담히 받아들이기로 한다.

그럴 준비가 되었을 때 나는 비로소 벤치에서 일어나 정원을 떠나 집으로 돌아가기 시작한다.

1길. 600| 도이서도 청회를 신어어지

무리하지 않는 선에서

2길

내일도 별일 없기를

겨울이 지나면 다시 봄이 오고

올해는 드물게 농사를 짓지 않는 해이다. 우리는 5~6년 전부터 집에서 멀지 않은 주말농장에 다섯 평 넓이의 땅을 빌려 텃밭 농사를 짓고 있다. 다섯 평이라고 해도 초보가 취미로 짓기에는 꽤 넓은 땅이다. 우리는 그 땅에 상추도 심고 시금치도 심고 양상추도 심고 허브도 심고 감자와 고구마, 토마토도 심고 배추와 무도 심었다. 다섯 평짜리 밭에서 나온 것들로 나름대로 잘 먹고 잘 살았다. 가끔은 차고 넘쳐 남들에게 나눠주기도 했다.

그렇다고 해도 들인 돈과 노력을 조목조목 따진다면 수확량은 보잘것없었다. 아니, 실은 안 하는 게 나을 농사였다. 하지만 우리에게 이 농사는 생계활동이 아니었다. 게다가 즐거움과 보람의 정도로만 본다면 썩 괜찮은 취미생활이었다.

그러나 말했다시피 올해는 농사를 짓지 않기로 했다. 우리는 일도 하고 살림도 하고 아이들도 돌본다. 월요일부터 금요일까지 정신없이 달리다가 주말에도 밀린 일을 할 때가 태반이다. 그 와중에 짬을 내어 밭으로 가는 것이 어느 순간부터 즐거운 취미생활이 아닌 부담스러운 고역이 되기 시작했다. 결국 올 한 해는 농사를 쉬기로 남편과 도원결의했다.

농사를 짓지 않으니 상대적으로 여유가 생겼다. 때만 되면 '뭘 심어야 하는데' '뭘 캐내야 하는데' '물을 줘야 하는데' 하고 동동거리지 않아도 되니 좋다. 반대로 농사를 짓지 않으니 한 해가 어떻게 가는지 모르겠다.

농사를 지을 때 우리에게 계절의 변화는 더 확실하고 직접적이었다. 감자를 심어야 할 때, 씨를 뿌려야 할 때, 모종을 옮겨 심어야 할 때. 이제는 상추를 딸 수 있고, 허브 씨를 뿌려야 하고, 고구마를 심고, 장마가 오기 전에 서둘러 토마토를 따고, 밭고랑을 깊게 파두고, 아직 여름이지만 무를 심어도 될 때이니 사실은 가을이 온 것이고, 고구마를 파내고, 배추를 심고. 그리고 마지막으로 그 배추를 뽑는 것으로 한 해는 깔끔하게 마무리되었다.

농사를 짓지 않는 지금은 시간이 우리를 휙휙 스쳐지나간다. 엊그제 봄이었던 것 같은데 장마가 왔다. 집으로 가는 길, 누군가의 텃밭에서 기어나온 고구마 줄기를 보고 '아앗, 벌써 고구마 줄기가!' 하고 생각했다가 이미 고구마밭이 무성해질 시기라는 걸 뒤늦게 깨닫는다.

농사를 지을 때 우리는 그렇게 식물이 자라는 속도를 기준으로 세상 돌아가는 일을 파악했다. 그리고 이번 겨울이 지나면 무슨 일이 있어도 또 한 번의 봄이 온다는 것을 말하지 않아도 잘 알고 있었다. 농사를 짓지 않는 지금, 우리의 시간은 뒤죽박죽 엉켜버렸다.

어린 시절 횟수로만 따지면 가장 많이 본 만화영화는 아마도 이두호의 〈머털도사〉일 것이다. 보고 싶어서 본 것이 아니라 명절만 되면 TV에서 틀어주었기 때문에 별수 없이 봤다. 하지만 보고 또 봐도 재미있었다. (질리지도 않는 그 재미는 가히 〈아기공룡 둘리의 얼음별 대모험〉에 견줄 만했다.) 아직도 머털이의 억울한 목소리가 기억에 생생하다. "스승니힘~!"

지금 그 만화영화를 생각하면 떠오르는 것은 누더기도사에게 도술을 배우기 위해 산으로 올라간 머털이가 몇 년간 잔심부름에 잡일이나 하다가 대체 도술은 언제 가르쳐주는 거냐며 분통을 터뜨리는 장면이다. 또, 결국 도술을 가르쳐주겠다던 누더기도사가 머털이에게 잔디 위에 난 오솔길을 걸어보라고 한 뒤 네가 걷는 길을 제대로 보라고 하자, 그 길이 천 길 낭떠러지 위의 좁디좁은 외길로 보이던 장면도 기억이 난다.

누더기도사의 가르침은 한결같다. 시간이 걸려도 스스로 터득하는 것. 몸에 힘을 빼면서 정신은 칼처럼 날카롭게 벼리는 것. 뭐든 자연스럽게 하면서 욕심과 두려움에 눈멀지 않는 것. 모든 건 마음에 달렸다는 것. 자아란 고정불변한 것이 아니라 순환하는 시간 속에 존재한다는 것. 생각해보면 아시아의 변방에서 자라나 만화영화에서까지 그런 가르침을 자연스럽게 얻을 수 있었다는 건 행운 같기도 하다.

내가 자라면서 갖게 된 마음속의 스승들도 그런 사람들이었다. 누더기도사 같은 사람들. 어깨에 힘을 뺀 사람들. 욕심과 두려움에 눈멀지 않았던 사람들. 느슨하지만 날카로운 사람들. 가끔은 지질할 때도 있지만 그마저도 인간적이던 사람들. 세상의 속도보다 조금 느려서, 때로는 그 속도를 비웃어서 출세와는 거리가 있던 사람들. 겨울이 지나면 다시 봄이 오고, 봄이 오면 또 겨울이 온다는 사실을 몸과 마음으로 받아들이던 사람들. 자연스럽게 살던 사람들.

나는 그 사람들이 멋있어서 좋았다. 그리고 세상은 멋있는 사람을 끝내 내치지 않는다는 것을 나는 이제 안다.

달리는 사람

　지금껏 퍼낸 책마다 나의 달리기에 대해 썼지만, 실은 나는 마라토너도 아니고 러너라고 할 수도 없는, 동네 생활 달리기인 정도 되는 사람이다. 딱히 하고 싶은 운동도 없고 할 수 있는 상황도 아닌데, 운 좋게도 동네에 크고 좋은 육상 트랙이 있어서 달리는 것뿐이다.

　나는 대개 이틀에 한 번씩, 500미터 트랙을 다섯 바퀴에서 여섯 바퀴 정도 쉬지 않고 천천히 달린다. 말이 쉽지 처음에는 한 바퀴를 다 도는 것도 힘들었다. 뛰지 않던 내 다리가 뛰는 것에 익숙해지는 데만도 수개월이 걸려서 매일 뻣뻣하게 굳은 종아리를 마사지해줘야 할 정도였다. 그 시간 동안 나는 나 자신에게 큰 기대를 걸지 않고 조금씩, 조금씩 거리를 늘려나갔다.

　이렇게 3~4킬로미터 정도의 거리를 1주일에서 2주일쯤 진지하게 달리면 몸에서 금방 변화가 느껴진다. 옆구리살이 빠진다. 허리와 엉덩이가 이어지는 부분에 팽팽하게 근육이 잡힌다. 허벅지와 엉덩이와 종아리가 단단해진다. 이

50

런 식으로 한 달 정도 달리면 팔뚝살과 겨드랑이살까지 빠진다. 전체적으로 몸무게는 크게 줄지 않더라도 근육량이 늘기 때문에 3킬로그램 정도 감량한 것처럼 보인다.

하지만 문제는, 결과를 바라는 행위일수록 과정이 고통스러워진다는 점이다. 달리기 위해서 달리는 것이 아니라 살을 빼기 위해서 이 고통을 참는다고 생각하면 달리기는 세상에서 가장 끔찍한 운동일 것이다. 심지어 재미도 없다. 그저 똑같은 트랙을 계속해서 돌 뿐이다. 풍경도 똑같고 속도도 똑같고 정신적 감흥도 없다. 힘들기만 할 뿐.

그래서 어떤 사람들은 함께 달리는 건지도 모른다. 그러나 나는 함께 달리는 것이 싫다. 서로서로 속도를 맞추고 의욕을 북돋워가며 달리는 사람들, 웃고 떠들며 스트레칭을 하는 사람들을 보아도 하나도 부럽지 않다. 나는 천성적으로 남과 보조를 맞추는 것이 너무 힘들다. 남과 보조를 맞추지 않아도 되니 이제야 사는 게 편해졌다. 지금도 학교 앞을 지날 때마다 심장이 오그라드는 기분이다. 종소리라도 들리면 숨이 가빠진다. 그런데도 매일 학교에 가는 아이들을 보면 대단하다 싶다. 하지만 나도 12년 내내 개근상을 받은 모범생이었다.

고등학교 때 전교 1등을 도맡던 똑똑한 여자아이가 기억난다. 머리는 좋지만 인간관계나 단체생활에 서툰 스타일이었다. 2학년 때였을 것이다. 그 애가 갑자기 자퇴를 했다고 했다. 그때만 해도 자퇴는 불미스러운 일이었기 때문에 우리는 모두 깜짝 놀랐지만, 이내 그 애라면 그럴 법도 하다고 수긍했다. 우리는 그 애를 약간 이상한 아이라고 생각했기 때문이다.

나중에 시장에 갔다가 엄마와 함께 장을 보고 있는 그 애와 마주친 적이 있는데, 그 애는 다른 세계에서 살아가는 사람처럼 보였다. 나는 아마 놀랐을 것이다. '학교에 안 가고도 저렇게 멀쩡히 살아 있을 수 있구나.'

그 애는 지금 어떻게 살까. 아마 잘 살 것이다. 우리보다 훨씬 더. 지금 생각하면 자퇴 같은 것은 아무것도 아니다. 사람들은 누구나 자신에게 맞는 방식으로 살아갈 수밖에 없다. 그리고 그 애는 우리보다 그 사실을 더 빨리 알아챘던 것 같다. 역시 똑똑한 아이였다.

달리기는 달리는 것 자체를 좋아해야만 할 수 있는 운동이다. 달리는 게 죽기보다 싫은데 굳이 달려야 할 필요는 없다. 다행히 나는 달리는 것이 그리 싫지 않다. 혼자서 천천히 달리는 것이, 남과 보조를 맞추지 않고 달리는 것이, 무언가를 피하거나 무언가를 쫓아서 달리는 것이 아니라 그저 느긋하게 달리기만 하는 것이 좋다.

물론 달리러 나가기 싫을 때가 태반이고 달리다 보면 고통스럽고 어떻게든 한 바퀴라도 덜 달리고 싶다. 하지만 날씨가 좋을 때, 대기는 깨끗하고 바람은 산들거릴 때, 헉헉대면서 홀로 달리고 있는 사람을 볼 때, 한동안 몸을 쓰지 않았을 때, 내 몸은 달리고 싶어 근질댄다. 요즘은 잠깐이라도 미세먼지가 걷히면 열 일을 제치고 운동복으로 갈아입고 운동화의 끈을 묶고서 달리러 나간다.

그렇다고 해도 내 평생 마라톤 대회에 나갈 일은 없을 것이다. 그 정도로 달려야 한다면 나는 달리기에 질려버릴 것이 분명하다. 열정적인 사랑은 금세 식기 마련이니까. 운동을 시작했다면 열정보다는 끈기를 활용해야 한다.

나는 늘 더 뛸 수 있을 것 같을 때, 한 바퀴 정도 더 뛰어도 될 것 같을 때 멈춘다. 어떤 이는 더 뛸 수 없을 것 같을 때 한 바퀴를 더 뛰어야 능력이 향상된다고 했지만, 나는 그러지 않는다. 나는 최고의 마라토너가 되려는 것이 아니니까. 그저 오래오래, 혼자서, 조금씩 달리는 사람이 되고 싶을 뿐이니까.

허리와 팔뚝에 근육이 있는 씩씩한 50대 여자가 되고 싶다. 그러려면 40대 내내 달릴 수 있어야 할 것이다. 그러려면 우선 아픈 데 없이 건강해야 할 것이다. 달리러 나갈 수 있을 만큼의 시간적 여유를 확보할 수 있어야 할 것이다. 마음의 여유도 중요하다. 집안에 우환이 없어야 할 것이고 이런저런 일들로 삶의 의욕이 저하되지 않아야 할 것이다.

20대에는 별일이라곤 없는 내 인생이 망작 같기만 했는데, 중년이 되어버리고 나니 별일 없는 것이 가장 행복하다. 별일이란 얼마나 무서운 것일까. 살얼음판 위를 걷듯 조심조심 살고 있다. 오늘도 별일 없고 내일도 별일 없기를. 오늘도 달릴 수 있고 내일도 달릴 수 있기를.

맥시팬티의 신세계

팬티를 사러 갔다. 팬티를 사는 돈은 왜 이렇게 아까운지 모르겠다.

사실 밖에 나가서 커피 한 잔에 크루아상 하나를 주문할 돈이면 싸구려 면팬티를 다섯 장에서 일곱 장은 살 수 있다. 그런데도 나는 커피 한 잔과 크루아상 하나를 사고 팬티를 사지 않는다. 현명한 여자는 그렇게 하지 않을 것이다. 현명한 여자는 내적인 만족을 위해서 팬티를 살 것이다. 하지만 나에게는 새 팬티보다는 커피 한 잔과 크루아상 하나가 더 큰 내적 만족을 준다.

아니다. 나는 그저 본능적이고 저차원적인 인간인 것이다. 내게는 '내'적인 만족보다는 '위'적인 만족이 더 중요한 것이다. 구멍 난 팬티를 입고서 고상한 척 커피를 마시고 있는 나.

얼마 전 나는 남은 팬티가 두 장밖에 없다는 사실을 깨달았다. 아무리 나라고 해도 두 장의 팬티로는 살 수 없다. 별

수 없이 새 팬티를 사러 마트로 갔다. 마트의 속옷 코너에는 온갖 팬티들이 걸려 있다. 나는 레이스팬티는 사지 않는다. 레이스팬티를 입고 누굴 꼬실 일도 없다. 나는 평범하고 단순한 면팬티를 사기로 한다. 하지만 나에게는 팬티 한 장에 5000원이라는 거금을 투척할 (마음의) 여유 같은 건 없다. 기껏해야 팬티 아닌가. 나는 일곱 장에 9900원 하는 팬티 세트를 발견했다. 바로 이것이다.

일곱 장에 9900원 하는 팬티 세트는 두 종류였는데, 미디팬티와 맥시팬티였다. 대체 미디팬티와 맥시팬티의 차이는 무엇일까. 일곱 장의 팬티가 든 박스의 사진 속 여자는 모두 같은 디자인의 팬티를 입고 있었다. 종이박스는 철저하게 밀봉되어 있어서 뚫린 구멍으로는 무늬 외의 어떤 차이도 알아낼 수가 없었다. 싸구려인 만큼 고객 서비스에는 과감한 비용 절감을 실천한 것이다.

미디와 맥시를 놓고 한동안 망설이던 나는 결국 맥시팬티를 골랐다. 아무래도 맥시팬티가 더 넉넉한 디자인일 것 같다. 팬티라도 편한 걸로 입자. 아주 오래전 아무 생각 없이 티팬티라는 걸 사서 입었다가 하루 종일 육체적이고 정신적인 고통을 겪었던 일을 떠올려보라. 세상만사 불편한 것투성이인데 불편한 팬티까지 입고 고문이라도 당하듯 살고 싶지 않다. 결론은 맥시팬티다.

아마 결혼 전이었다면 맥시팬티 따위는 거들떠보지도 않았을 것이다. 무조건 미디팬티였을 것이다(미디팬티가 뭔지는 모르겠지만). 그러면서 '나도 이제 아줌마가 다 되었구나' 하고, 아줌마가 된 지 13년 차인 나는 생각했다.

집에 와서 설레는 마음으로 박스를 뜯었다. 보석 반지건 싸구려 팬티건, 새로 산 물건의 포장을 뜯는 일은 뭐든 설레고 두근거린다. 그런데 맥시팬티는, 이럴 수가, 기저귀만큼이나 컸다. 나보다 몸무게가 15킬로그램쯤 더 나가는 남편이 입어도 될 정도로 컸다. 어린 시절 동네 할머니들이 목욕탕에서 이런 팬티를 입고 다니는 걸 본 기억이 났다. 그나마 95사이즈와 100사이즈 사이에서 고민하다가 '그래도 아직 100은 아닐 거야' 하고 불안해하며 95사이즈를 골랐는데, 100이었다면 반바지를 입고 다닐 뻔했다. 나는 그 큰 팬티를 바라보며 나의 늙음을 착잡해했다. 심지어 무늬도 너무 촌스러웠다. 살구색 바탕에 작은 장미꽃들이 잔뜩 그려진 저 팬티를 과연 나는 입어야 하는 것일까.

그날 밤 샤워를 한 후 새로 산 맥시팬티를 꺼내 입었다. 깜짝 놀랐다. 몸에 딱 맞았다. 충격이었다. 딱 맞는 것뿐만 아니라 너무 편했다. 나는 거울 앞으로 달려갔다. 뭐야, 왜 이렇게 잘 어울리는 거지? 이래도 되는 거야? 심지어 맥시팬티는 맵시도 대단했다. 맥시팬티는 내 아랫배에 눈처럼 소복하게 쌓인 중년의 뱃살을 부드럽게 감싸주었다. 임신과 출산을 두 번 경험하며 넓어진 골반도 넉넉하게 받쳐주었다. 그냥 볼 때는 촌스럽던 무늬도 입고 보니 사랑스러웠다. 이것이 바로 맥시팬티의 신세계인가.

나는 남편에게 말했다.

"처음에 맥시팬티가 잘 맞으면 비참한 기분이 들 줄 알았어. 그런데 아니야. 편하고 예뻐. 이런 팬티는 처음이야. 기분이 너무 좋아."

"그러게. 그건 그냥 큰 팬티가 아니라 몸을 잘 감싸주는 팬티인가봐."

결혼 13년 차의 남편은 생존법의 대가가 되었다. 외계인에게 붙잡혀 화성으로 끌려가도 살아남을 수 있을 것이다.

참으로 이상한 일이지만, 맥시팬티를 입고 있으니 기분이 좋다. 커피 한 잔과 크루아상 하나를 먹을 때와는 또 다른 기분 좋음이다. 물론 타인에게 자랑하고 싶은 기분 좋음은 아니다. (하지만 나는 여기에 자랑을 하고 있다.) 가족 말고는 누구도 맥시팬티를 입은 내 맵시를 볼 일이 없겠지만, 설사 보게 된다고 해도 '음, 저기 팬티를 입은 아줌마가 있네'라는 생각밖에는 하지 않겠지만, 나는 맥시팬티를 입은 내가 마음에 든다.

지난 40년간 내가 입은 수백 장의 팬티들은 하나같이 몸을 꼭 죄었다. 그 팬티들은 팬티로서의 존재감을 강하게 주장하는 팬티들이었다. 그 팬티들은 내게 팬티만 입고 스트립쇼라도 하라고 부추기는 것 같았다. 그런데 맥시팬티는 다르다. 만날 때마다 푸근하게 끌어안아주는 넉넉하고 따뜻한 아주머니를 입고 있는 기분이 든다. 나의 가장 못나고 누추한 부분들마저 지지받는 느낌이다. 좋아하는 팬티를 입고 있으니 어떤 계기도 없이 내적 자신감이 차오르는 것만 같다.

아니, 이건 꼭 자신감과 자존감이 같은 게 아니라는 걸 깨닫는 느낌과 비슷하다. 예전에는 그 사실을 깨달을 때마다 비참한 기분이 들었다. 나는 자신감이 있는 척했지만 자

존감은 약했기 때문이다. 하지만 지금은 다르다. 맥시팬티
는 자신감이 아니라 자존감을 높여준다. 그렇게 어렵던 일
이 이렇게 간단히 해결되다니. 기분이 좋다. 정말로 좋다.

　어쨌거나 지금껏 한 번도 레이스가 달린 공단팬티 같은
건 입어본 적이 없다. 그런 걸 입어도 이런 기분이 들까?
아니겠지. 아닐 거야.
　어쩌면 팬티 같은 데 이렇게 집착하고 있는 나는 이제 다
늙어버린 것인지도 모른다.

운이 좋은 사람

새로 이사 온 집은 산 아래 있다. 아니, 집 옆에 산이 붙어 있다. 창밖으로는 등산로가 보인다. 창문을 열어두면 아침나절 등산객들이 들고 다니는 라디오 소리라든지, 누군가가 흥에 취해 부르는 노랫소리라든지, 아주머니들이 나누는 이야기 소리가 들린다. 그리고 새소리도.

산이 곁에 있으니 산불이나 산사태라도 나면 큰일이다. 하지만 이 작고 오래된 빌라는 30년 가까운 세월을 무탈하게 버텨왔다. 내가 알기로 이 동네에서 지금껏 산불이나 산사태가 난 일도 없다. 그래도 사람 일은 모르는 것이라고 비관적인 나는 늘 생각한다. 이사를 오자마자 나는 화재 감지기와 소화기를 샀다. 그제야 조금은 안심이 되었다.

몇 년 전 고속도로를 달리다가 들른 강원도의 한 휴게소에는 천 원을 넣으면 손금을 봐주는 기계가 있었다. 아래쪽에 있는 네모난 스크린 위에 손 모양이 그려져 있고 거기에 손바닥을 대면 손금을 판독해 운명을 알려주는 기계였다.

보통 나는 귀찮아서 점도 보러 가지 않는데 이상하게 운명은 믿는다. 내가 말하는 운명이란 일기예보 같은 것이 아니라, 태풍이 지나고 난 자리의 파랗게 갠 하늘이나 쓰러진 나무 같은 것들이다. 다시 말해 나는 운명이 향하는 곳보다는 운명이 지나간 자리에 더 관심이 많다.

우리 힘으로는 어찌할 수 없는 무언가가 있다는 사실이 두려우면서도 안심이 된다. 결국 타고난 운명으로 살 수밖에 없다는 사실 역시. 무한대의 자유는 부담스럽다. 발버둥 처봤자 별수 없으니 타고난 것들을 가지고 최대한 몸과 머리를 쥐어짜내어 살아가는 방식이 마음 편하다. 아마도 배포가 크지 못해 그런가보다.

아무튼 나는 고속도로 휴게소에서 발견한 그 기계에 천 원을 넣고 손바닥을 갖다 대었다. 같이 간 사람들이 나를 보고 웃었지만 나는 꽤 경건한 마음이었다. 채 1분도 되지 않는 시간이 흐른 후 기계는 A4 한 장 분량의 내 운명을 토해냈다. 나는 신탁이라도 받은 것처럼 그 종이를 소중히 받아들었다.

천 원짜리 손금기계에 따르면 나는 이런 사람이다.

– 쾌활하고 동정심도 많아 남의 성질을 잘 이해하고 재빨리 간파하는 재능이 있어 무슨 일이든 신속히 처리하고 좋은 결과를 가져옵니다.
– 음악이나 그림 등 예능에 재능이 뛰어나나 생활의 기본이 못 되며 종교나 화려하고 인기 있는 일에는 어울리지 않습니다.
– 인내와 양보심이 적어 부부 간에 갈등과 다툼이 심하여 원만한

결혼생활이 어려운 편입니다.

- 인기 연예인이나 운동선수에게 많이 나타나며 하루아침에 천연히 빛을 발하여 스타로서의 영광을 안은 사람이 많습니다.

흠, 그런가?

나는 손금기계가 알려준 내 운명이 썩 마음에 들었다. 무슨 일이든 좋은 결과를 가져온다거나, 예능에 재능이 뛰어나다거나. 하루아침에 천연히 빛을 발한다는 말이 특히 마음에 들었다. 생활의 기본이 못 되고 인내와 양보심이 적어 원만한 결혼생활이 어렵다는 말은 겸허히 수용했다.

나는 몇 년이 지난 지금까지도 운명의 종이를 잘 간직하고 있다. (액자에 넣어 걸어두지는 않았다. 꼬깃꼬깃 접어 찾기 쉬운 곳에 처박아두었다.) 아무리 해도 용기가 나지 않을 때, 내가 지금 무얼 해야 하는 건지 도무지 알 수 없을 때, 내 인생은 망했다는 생각이 들 때, 나는 그 운명을 펼쳐 들여다본다. 나는 이런 운명을 타고난 사람인 거야. 아직 더 살아봐야 아는 거라고. 내 인생은 내 책임인 것이 당연하지만, 그럼에도 일정 부분은 운명에 맡겨두는 다소 무책임한 태도도 나쁘지 않을 것이다.

생각해보면 다 거짓말일지도 모른다. 손금기계가 고장이 났을지도 모른다. 애초에 손금기계 같은 걸 믿는다는 자체가 바보 같다. 손금 따위와는 관계없이 무작위로 운세를 뽑아내는지도 모른다. 하지만 운명이야말로 무작위 아닐까.

나는 보통 내가 운이 좋은 사람이라고 생각한다. 대개 기대조차 하지 않은 작은 선물 같은 일들이 일어날 때 그런 생각을 많이 한다. 그저 집세가 싼 집을 찾아 이사를 왔는데 알고 보니 그 동네가 예쁘고 조용하고 살기 좋은 곳이라거나, 아이들이 다니기 좋은 작은 대안학교가 있다거나, 카페와 작업실로 쓸 작은 가게를 싼값에 빌릴 수 있었다거나, 그 가게의 뒤쪽 창을 뜯어내니 정말 멋지게 생긴 커다란 나무가 보인다거나, 새로 이사한 집의 창 한 귀퉁이로도 또 나무가 한가득 보인다거나 하는 일들. 그런 일들 때문에 나는 늘 운이 좋다고 느낀다. 심지어 인복도 많다. 내가 실제로 가진 것보다 더 많은 것들을 보아주는 사람들, 내가 하는 것보다 나에게 더 잘해주는 사람들 덕에 지금껏 죽지 않고 살아왔다.

그러나 정말로 운이 좋았더라면 이렇게 살고 있을 리가 없다. 우리에게도 지독히 운 없는 시절이 있었으며 이상한 사람들이 꼬인 적도 부지기수다. 하지만 나는 그때 그런 일이 일어나지 않았더라면, 그때 그런 사람을 만나지 않았더라면 지금은 더 나빠졌을 것이라 생각해버린다. 자기 편한 대로 생각하는 시스템이다.

지금보다 더 나빴을 경우를 생각하고, 지금 내가 가진 것 중에서 좋은 점을 찾아보려 노력하는 이유도 아마 배포가 작아서일 것이다. 나처럼 배포가 작은 사람에게는 이런 라이프스타일이 잘 어울린다. 그리고 실제로 운이 좋건 나쁘건 간에 스스로 운이 좋다고 생각하며 살아가는 사람을 세상이 어찌하지는 못하는 법이다.

천 원짜리 손금기계가 봐준 나의 운명에는 폐 건강을 위
해 금연을 하고 산과 가까운 삶을 살면 좋다는 이야기도 있
었다. 종종 누군가가 담배를 권할 때 나는 내 운명을 생각
하며 거절한다. 싸고 괜찮은 집을 찾다 보니 생각지도 않
게 산 옆에 바짝 붙은 집에서 살게 되었다. 아아, 나는 정말
로 운이 좋은 사람인 것인가. 나의 운명은 대체 나를 어디
로 끌고 가려는 것인가.

나에게 **100만** 원이 생긴다면

내가 어릴 때만 해도 100만 원은 꽤 큰돈이었다. 『100만 원으로 세계일주』라는 책까지 있을 정도였으니까. 물론 그때도 100만 원은 세계일주를 하기에는 턱없이 부족한 돈이긴 했다. 지금의 1000만 원 정도 가치였을 것이다.

대학에 다닐 때는 한 달에 100만 원만 벌 수 있으면 좋겠다고 생각했다. 정말이지 100만 원만 벌 수 있으면 더 바랄 것이 없었다. 그때 나는 부모님에게서 한 달에 30만 원씩 용돈을 타서 살고 있었다. 30만 원이라니. 그 시절에도 자취 생활을 하기는 턱없이 부족한 돈이었다. 어차피 공부와는 담을 쌓았던 나는 교재를 사지 않았고 돈이 없어 밥을 굶기도 했다(그래도 술은 마시고 옷은 샀다).

그러다가 신용카드 무분별 발급의 시대가 찾아왔다. 거리 곳곳에 도를 믿느냐고 묻는 사람들만큼이나 신용카드를 만들라며 손목을 잡아끄는 사람들이 많았다. 나도 못 이기는 척 그 사람들을 따라갔다. 그리고 돌고 돌아 직업도 없이 200만 원의 카드빚과 함께 세상에 던져졌다.

그때 나에게 30만 원이라도 용돈을 부쳐주는 부모님이 없었더라면 그 시기를 어떻게 버텼을지, 그 시기가 얼마나 길어졌을지 알 수 없다. 나는 과연 내 아이들에게 그런 보류의 시기를 갖게 해줄 수 있을까. 그 시기가 얼마나 중요한지 알기 때문에 하는 말이다.

지금 나에게 100만 원이 생긴다면 그걸 어떻게 쓸 수 있을까? 100만 원이 없어서 하는 말이 아니다. 이 100만 원은 멋대로 낭비해도 좋은 100만 원, 반드시 써버려야 하는 100만 원이다. 그 생각을 하면 부모님 얼굴도 떠오르고 남편이나 아이들도 떠오른다. 그간 신세 진 사람들이나 우리 동네의 가난한 할머니들마저 떠오른다. 인도나 아프리카 아이들도 떠오른다. 아니, 느닷없이 웬 박애주의람. 가정을 조금 수정해보자. 나에게 오로지 나 자신만을 위해 쓸 수 있는 100만 원이 생긴다면, 반드시 자신만을 위해서 써버려야 하는 돈이라면, 그 돈을 무조건 낭비해버려야 한다면, 그렇다면 그걸 어디에 쓰지?

여행은 어떨까? 가까운 곳은 갈 만큼 가봤으니 이제는 좀 더 먼 곳으로 가고 싶다. 하지만 100만 원은 유럽으로 여행을 떠나기에는 부족한 돈이다. 게다가 혼자서 떠날 만큼 여행에 목을 매지도 않았다. 그러니 이 100만 원은 오로지 '아아, 이런 데 돈을 쓸 수는 없어' 하며 묵혀두거나 눌러두었던 욕망을 해소하는 데 쓰자.

우선은 커다란 화분이 떠오른다. 잎이 많은 커다란 화분을 하나 사서 거실 한구석에 두고 싶다. 창가에 놓을 긴 서랍장도 사고 싶다. 볼 때마다 뿌듯한 기분이 들, 손으로 쓸어보고 싶을 정도로 반질반질한 서랍장을.

그게 아니라면 또 무엇에 쓰지? 똑같은 셔츠와 비슷한 디자인의 바지를 잔뜩 사야지. 그리고 앞으로 10년쯤은 옷에 대해서는 생각하지 않고 살고 싶다. 아니, 100만 원으로 옷을 잔뜩 사려면 또 유니클로 같은 데 가야 한다. 그래도 상관없어. 어차피 나는 싼 옷을 입건 비싼 옷을 입건 건초 위를 뒹굴며 돌멩이를 발로 차는 여자애처럼 돌아다니니까.

만일 그러고도 돈이 남는다면 서점에 가서 곁에 두고 싶었지만 참을 수밖에 없었던 책들을 잔뜩 사고 싶다. 아니, 이렇게 사려면 돈이 모자랄지도 모르겠다.

아무튼 이것 말고는 더 원하는 것이 없다. 아무리 궁리해봐도 정말로 이것 말고는 더 원하는 게 없다. 내가 많이 원하는 건지, 적게 원하는 건지, 아니면 적절하게 원하는 건지는 잘 모르겠다.

내 통장에 반드시 낭비해야만 하는 100만 원이 입금되는 일은 일어나지 않는다. 내가 버는 돈은 모두 나와 내 가족이 살아가는 데 없어서는 안 되는 돈이다. 쓰고 남은 돈은 미래의 불운과 불행에 대비해 차곡차곡 모아둔다. 먹이를 감춰두는 다람쥐처럼. 예전 같았으면 인생은 한 방, 언제 죽을지도 모르는데, 라며 다 써버렸을 것이다. 하지만 이제는 그럴 수 없다. 내가 죽어도 내 돈은 남은 가족들,

아직 어린 내 아이들이 살아가는 데 보탬이 될 것이다. 그러니 됐다.

대신 나는 이런 일을 한다. 집을 나가 산길을 따라 걸어서 거대한 아파트 단지를 통과하면 내가 좋아하는 빵집에 갈 수 있다. 보통 빵집보다 아주 약간 비싸지만, 빵이 아주 맛이 있는 가게다. 특히 직접 만든 슈크림이 듬뿍 들어간 슈크림빵이 일품이다. 그곳에서 나는 좋아하는 빵을 쟁반 위에 양껏 담는데 그래봤자 만 원이 조금 넘을 뿐이다.

만 원어치의 빵 봉지를 흔들면서 다시 산길을 따라 집으로 돌아온다. 즐거운 기분이다. 주문해둔 좋아하는 커피 원두가 도착했을 때나, 한 병에 만 원이 채 안 되는 맛좋은 샴페인을 샀을 때와 비슷한 기분이다. 이 정도면 충분한 기분이다.

수건을 삶는 사람들

엄마는 결벽증이어서 모든 빨래를 세탁기로 한 번 빤 후에 손으로 한 번 더 비벼 빨고, 그것으로도 모자라서 락스를 탄 물에 삶기까지 했다. 대단한 열정이었다. 우리 집은 걸레마저 깨끗해서 엄마는 가끔 수건이 다 떨어지면 "일단 걸레로 닦아. 우리 집은 걸레가 수건이나 다름없어" 하고 말했다. 좀 이상하긴 하지만 일단 손에 잡히는 것으로 대충 닦고 살아도 문제가 없다는 것은, 걸레를 피해 다니지 않아도 좋다는 것은 꽤 편하다.

그런데 나는 그런 엄마를 닮지 않았다. 나는 지저분하고 칠칠맞다. 깔끔한 것과는 거리가 멀다. 하지만 어린 시절의 습관이란 무서워서 부드러운 수건에 얼굴을 갖다 대면 꺼림칙한 기분이 든다. 나에게 수건이란 언제나 뻣뻣해야 하고 표백제나 락스의 잔향이 은은하게 남아 있어야 한다. 냄새나는 수건은 정말 질색이다.

그런 이유로 자취 시절부터 나는 커다란 솥을 사서 수건과 걸레를 삶아 빨았다. 내게는 숨 쉬는 것만큼이나 당연한 일이라 힘들거나 귀찮다는 생각도 하지 못했다. 가스레인지 위에 수건이 잔뜩 든 솥을 올려놓고 보글보글 끓이면 수건 삶는 냄새가 난다. 나는 그 냄새가 좋다. 삶은 수건을 마당에 널어 햇볕과 바람에 바짝 말릴 수 있다면 더할 나위 없다.

덕분에 우리의 수건은 색이 바랜 데다 늘 깨끗하고 빳빳하다. 우리는 수건을 삶는 사람들이라는 자부심을 품고 산다. 아무짝에도 쓸모없는 자부심이지만, 가끔은 그런 자부심도 필요한 법이다.

초등학교에 다닐 때였다. 나는 무슨 글짓기 대회에 나가서 최우수상을 받았다. 조회 때 교장선생님이 운동장 한가운데의 연단에서 내게 상장과 트로피를 준다고 했다. 담임선생님은 나를 불러 그 이야기를 하면서 내 옷을 가리켰다.

"그런데 옷을 갈아입고 와야겠다."

내 옷은 목 주변에 세일러복 모양으로 남색 깃을 덧댄 흰색 티셔츠였는데, 엄마가 락스물에 삶아 빠는 바람에 남색에서 빠진 붉은색으로 온통 얼룩덜룩 물이 들어 있었다. 나는 선생님의 허락을 받아 얼룩덜룩한 티셔츠를 입고 학교를 나왔다. 그리고 기찻길을 따라 한참을 걸어서 산 아래의 집으로 갔다. 엄마와 나는 옷장을 뒤져 입을 만한 옷이 없나 찾아봤지만 다른 옷들도 대부분 같은 지경이었다. 나는 그나마 조금 덜 얼룩덜룩한 티셔츠를 입고 다시 학교로 갔다. 선생님은 내 아래위를 훑어보며 "새 옷은 없니?" 하고 물어보았다.

그날 나는 태어나 처음으로 연단 앞에, 아니 정확히 말하자면 연단 앞에 선 몇 명의 아이들 틈에 끼었다. 나도 한 번 대표로 상을 받아보고 싶었는데 내가 아닌 다른 아이가 받았다. 나는 '이하 동문' 중의 하나였다. 어쩌면 내 티셔츠 때문이었는지도 모른다는 생각이 이제 와서야 든다.

그 일은 나에게 어떠한 상처도 남기지 않았다. 옷을 그런 식으로 빨아대는 엄마에게 짜증이 나기야 했겠지만(지금도 이해가 되지 않지만), 그런 것으로 상처를 받지는 않는다.

닌 방 같은 선 아무래도 좋아요. 꼭 이렇게 되어 있어야 한다거나, 그런 게 아니라 이상한 자신감인지도 모르지만, 나만 있으면 어떤 식으로든 내 느낌이 나올 것이다. 그렇게 생각합니다.

                 – 안자이 미즈마루, 『안자이 미즈마루』 중에서

안자이 미즈마루는 일본의 일러스트레이터다. 무라카미 하루키의 에세이에 삽화를 아주 많이 그렸다. 그래서 무라카미 하루키라는 이름을 들으면 안자이 미즈마루가 그린 무라카미 하루키 얼굴이 먼저 떠오른다. 안자이 미즈마루의 그림은 대충 그린 듯하면서도 어쩐지 멋지다. 아니, 어쩌면 대충 그려서 멋진지도 모르지.

아무튼 그는 한 대담 중에 저런 이야기를 했다(일본에서는 잡지사에서 주관해 이런저런 대담을 많이 하고, 대담의 내용이 그대로 잡지에 실린다. 참고로 나는 대담을 읽는 것이 너무 즐겁다. 특히나 이렇게 시시콜콜한 이야기라면 더더욱!). 나는 저 말이 정말 마음에 든다. '나만 있으면 어떤 식으로든 내 느낌이 나올 것이다.' 이렇게 뻔뻔한 자신감이라니.

　나도 비슷한 생각을 한다. 우리는 수건을 삶는 사람들이라는 이상한 자신감이 있다. 아무도 모르겠지만 말이다. 어쩌면 아무도 모르기 때문인지도 모른다.

무리하지 않는 선에서

　여덟 살 때부터 딸은 대안학교에 다녔다. 얼마 전 열세 살이 된 그 애는 일반 학교, 그러니까 공립 중학교에 가겠다고 선언했다. 그러려면 우선 초등졸업자격 검정고시라는 걸 봐서 합격해야 했다. 우리는 딸에게 검정고시 예상 문제집을 사주었다. 그런데 국어와 수학을 제외하고는 대부분의 문제를 아예 풀 수조차 없었다. 딸이 다니던 학교에서는 사회도, 과학도, 영어도, 실과도 국정 교과서에 맞춰 가르치지 않기 때문이다.

　별수 없이 우리는 올해의 마지막 검정고시가 있는 8월까지, 6개월 남짓 남은 시간 동안 거의 6년 과정의 진도를 나가보기로 했다. 처음에는 불가능한 계획 같았다. 우리는 저녁마다 하루에 한 시간씩, 가끔은 두 시간씩 함께 공부했다. 이런 식으로 공부를 해본 적이 없는 딸도 괴롭고, 하루 종일 일에 지친 몸으로 저녁에도 쉬지 못하는 나도 괴로웠다. 우리는 웃기도 하고 화를 내기도 하고 기뻐하기도 하고 싸우기도 하면서 공부를 계속했다. 그래도 주말에는

74

쉬었다. 계획대로만 꾸준히 해나간다면 어떻게든 될 것이기 때문이었다. 쉴 때는 또 쉬어야 계속해나갈 수 있을 것이기 때문이었다.

영원히 끝나지 않을 것 같던 수험 공부는 검정고시일을 딱 일주일 남기고 끝이 났다. 우리는 새까맣게 칠해진 문제집을 보며 놀라고 뿌듯해했다. 아니, 실은 딸보다는 내가 더 놀라고 뿌듯했던 것 같다. 아무튼 초등졸업자격 검정고시라는 건 아주 쉽게 출제되는 시험이었고, 딸은 가뿐하게 합격했다.

마흔이 넘은 나는 그 시험을 준비하면서 새로운 걸 배웠다. 아무리 멀어 보여도, 아무리 높아 보여도, 한 번에 한 걸음씩 옮기다 보면 언젠가는 그곳에 닿아 있겠구나. 그러니까 꾸준함의 힘이라는 것을 나는 이제야 깨달은 것이다.

그런데 우리가 하루에 몇 시간씩 공부해야 했다면, 주말이고 휴일이고 가릴 것 없이 미친 듯이 공부만 했다면, 그 시간을 제대로 버틸 수 있었을까. 결국 꾸준함이라는 것은 무리하지 않는 것과 등을 맞대고 있다. 꾸준하게 오래 하려면 자기 속도를, 자기 한계를 잘 알아야 한다. 무리하면서 오래 할 수는 없다.

얼마 전에 문화사회학자 엄기호가 쓴 『공부 공부』라는 책을 읽다가 나는 '숨의 길이'라는 표현을 발견했다. 제주의 해녀들이 물질을 나갈 때 절대로 잊으면 안 되는 것은 자기 숨의 길이다. 숨을 얼마나 참을 수 있는지 알아야, 자신의 한계가 어디까지인지를 알아야 거친 바다에서 살아

돌아올 수 있기 때문이다.

"숨의 길이를 안다"라는 말은 비교와 극복에 중점을 두지 않는다. 내가 '모르던 나'를 '알았다'는 데 초점을 맞춘다. (…) 그렇기 때문에 내 한계인 '1분의 숨'은 극복의 대상이 아니라 다룸의 대상이 된다. 한계가 극복이 아닌 다룸의 대상이라는 말은 한계를 수동적이고 체념적으로 받아들이라는 뜻이 아니다. 오히려 한계가 다룸의 대상이 될 때 사람은 무리하지 않으면서 성장을 도모할 수 있다. 따라서 우리가 알아야 하는 것은 사람마다 재능이 다른 만큼이나 한계도 다르다는 사실이고, 각자가 그 한계를 아는 것이 자기를 파괴하지 않기 위해 중요하다는 점이다.

– 엄기호, 『공부 공부』 중에서

내 나이쯤 되면 다들 지금껏 너무 무리하며 살아왔다는 걸 깨닫게 된다. 20대나 30대는 무리할 수밖에 없는 나이였다. 다시 말하면 자기 한계를 모르던 시절이었다.

그러나 이제 내게는 그 시절만큼의 에너지나 시간이 남아 있지 않다. 그 사실을 깨달음과 동시에 내 한계가 명확히 보인다. 어떻게든 가진 것들을 잘 굴려 살아나가야 한다. 나 자신을 파괴하면서까지 애쓸 일은 없다.

지금껏 15년이 넘는 시간 동안 일을 해오면서 나의 일하는 작태를 분석해보니, 일하는 시간보다 일 걱정을 하거나 일하기 싫다며 괴로워하는 시간이 더 많았다. 언제나 오전의 일은 오후의 일로, 오후의 일은 밤의 일로 미뤘다. 미루는 내내 마음은 편치 않았다. 쉬어도 쉬는 게 아니었다. 널브러져 있어도 머릿속은 이렇게 살면 안 된다며 스스로를 자책하거나, 끊임없이 해야 할 일들을 계획하고 하지 못한 일들을 반성하며 공장의 컨베이어벨트처럼 돌고 돌았다. 그리고 더 이상 미룰 수 없는 일들은 울면서 했다. 울면서 '다시는 이렇게 살지 않겠다'며 피의 맹세를 했지만, 다음 날이면 또 그렇게 살고 있었다. 평생 이렇게 살아야 한다니, 끔찍했다.

요즘 나는 칼로 싹둑 자르듯 그 시간을 잘라내버렸다. 마음에서 일 걱정을 몰아내는 가장 좋은 방법은, 바로 정해진 시간 동안만 일하는 것이다. 그 시간 외에는 절대로 일하지 않는다. 일하는 시간 외에는 할 수 있는 한 멍청하게, 미련하게 보낸다. 아무리 일을 더 하고 싶어도 (그런 일은 절대로 없지만) 하지 않는다.

그래서 저녁이나 주말이 되면 행복하다. 하루 종일 나름 긴장한 상태로 일하기 때문에 쉴 때도 일에 쫓긴다면 사는 게 괴롭다. 하지만 이제 정말로 아무것도 하지 않아도 된다. 기분이 좋다.

그럼에도 멍청하게 앉아서 TV를 보거나 책을 읽거나 술을 마시거나 하고 있으면 새벽 호수 위의 안개처럼 불안감이 차오른다. 더 많이 일해야 하는 건 아닌가. 밥 먹을 새도 없이, 잠잘 새도 없이, 죽어라 일해야 하는 거 아닌가. 너무 느슨한 거 아닌가. 이렇게 살다 곧 길바닥으로 나앉는 거 아닌가.

불안해지는 것도 당연하다. 이렇게 살아본 적이 없기 때문이다. 이렇게 살아도 된다고 누구도 말해주지 않았기 때문이다. 그럴 때마다 나는 다시 나 자신을 다독인다. 아무 것도 하지 않아도 돼. 정말이야. 오늘 푹 쉬어야 내일 또 기분 좋게 일할 수 있어. 오늘 너무 달리면 내일 못 일어 나. 나는 단거리 주자가 아니라 장거리 주자야. 1년 달리고 말 것이 아니라 10년, 20년을 달리기 위해서 이렇게 살아 야 해. 게으름을 피우겠다는 게 아니야. 꾸준함의 힘을 믿 어보겠다는 거야.

잠은 충분히 자고, 욕심부리지 않고 하루에 중요한 일 두 어 가지만 처리하며, 마감일은 스스로 이틀 정도 앞당겨둔 다. 오늘 다 끝내고 내일은 노는 게 아니라, 오늘도 즐겁게 일하고 내일도 즐겁게 일하는 시스템을 만든다. 따지고 보 면 일하는 시간 외에는 넋 놓고 쉬는 것도 내일 더 잘, 더 재미있게 일하기 위해서다. TV를 보고 책을 읽고 멍하니 공상에 빠져 있는 동안, 새로운 아이디어를 얻거나 무언가 를 배우거나 깨닫기도 한다.

쓸데없이 애쓰지 않는다. 내 한계를 받아들인다. 내 페이 스를 유지한다. 뭐든 천천히, 꾸준히 해나간다. 한 번에 한 걸음씩 옮기면 어려울 것은 없다. 무엇보다 중요한 건 무 리하지 않는 것이다. 나처럼 열정도, 에너지도 평균 이하인 데다 별 재능도 없고 대범하지도 않은 사람이 오래 일하려 면 무리해서는 안 된다. 그 사실을 잊지 않는다.

무리하지 않는 선에서

3길

중요하지 않지만 필요한 시간

좋은 건 언제나 늦게

몇 년 전 학교에서 음악시간마다 우쿨렐레를 배우던 사춘기 초입의 딸은 스트로크 연습을 하느라 손톱 아래 살이 다 찢어졌다. 딸은 힘들다며 잔뜩 투정을 부렸고 나는 그런 딸에게 이렇게 말해주었다.

"좋은 건 항상 괴로운 시간이 지난 후에 찾아오는 거야."

딸은 내 말을 건성으로 들었다. 그 애에게는 내가 모든 것을 알아서 그런 말을 하는 것처럼 보일지도 모르겠지만, 실은 그런 것이 아니다. 그럴 리가 없지.

딸에게 말할 때의 나는 부모로서의 나인데, 실제의 나보다는 부모라는 역할을 연기하는 것에 가깝다. 아니, 연기라고 하면 너무 가식적으로 들리니 이렇게 표현하자. 인류의 역사 속에서 후손을 낳아 기른다는 지극히 비효율적이고 딱히 답도 없는 행위에 대한 무형의 데이터베이스가, DNA라는 형태를 띠고 내 몸 어디엔가 숨어 있다가 어느 순간 발현되는 것일 뿐이다.

몇 주가 지난 후에도 여전히 딸의 손톱 아래 살은 찢어져 있었다. 딸은 걱정하는 내게 말했다.

"괜찮아. 이제 안 아파."

그 말을 하는 딸은 부쩍 자란 것 같아 보였다.

어릴 때 나는 알약을 삼키지 못했다. 엄마는 늘 캡슐 알약을 반으로 쪼개어 물에 타서 주었다. 엄마도 그런 내가 못마땅했겠지만 그게 뭐 큰일은 아니라고 생각했을 것이다. 장티푸스가 유행이던 초등학교 3학년인지, 4학년 때 학교에서 단체로 장티푸스 예방약을 먹은 적이 있다. 교단 앞에 차례로 줄을 서면 선생님이 알약을, 주번이 주전자에서 물을 따라주었다. 그러면 그 자리에서 알약을 입에 넣고 물을 마셔 삼켜야 했다.

내 차례가 되었을 때 나는 알약을 삼키지 못한다고 말했지만 선생님은 무서운 얼굴로 그냥 삼키라고 했다. 1980년대는 그런 시대였으니까. 나는 알약을 입에 머금고 물을 한 컵 마셨다. 당연히 삼키지 못했다. 선생님은 화난 얼굴로 주번에게 물을 한 컵 더 따르라고 했다. 한 컵 더 마셨지만 알약은 목구멍 근처까지 갔다가 도로 밖으로 나왔다. 선생님은 노골적으로 화를 내며 삼킬 때까지 못 들어갈 줄 알라고 했다. 결국 반 아이들이 모두 지켜보는 가운데 나는 대여섯 컵의 물을 마셔야 했고, 나중에는 물이 없어 우유까지 한 통을 마셨다. 그 많은 액체를 마시며 나는 그만큼 울었을 것이다.

결국 나는 그 알약을 삼켰던가, 삼키지 못했던가. 선생님은 내 입에 주전자 주둥이를 대고 물을 들이부었던가, 그러지 않았던가. 지금은 그 선생님의 얼굴도, 이름도, 성별조차도 기억나지 않는다.

아이들을 키우면서 나는 내 어린 시절을 돌아본다. 별 가치가 없을 수도 있었을 내 인생이, 아이들을 키울 때는 참고서가 된다. 사람은 자신이 경험한 것 이상을 이해하기는 어려운 존재이니까.

처음 하는 것은 뭐든 싫다며 거부하는 딸을 볼 때면 새 학기의 시작마다 배탈이 났던 내가 떠오른다. 지금도 나는 모든 처음이 두렵다. 사실 안 그런 사람이 어디 있겠는가. 어쨌든 나는 그 모든 일을, 무수히 많은 처음과 즐거움과 괴로움들을 거쳐 어른이 되었다.

내가 처음으로 알약을 삼켰을 때 기뻐하던 엄마의 얼굴이 아직도 기억난다.

하지만 부모 마음이라느니, 엄마 마음이라느니 하는 말들이 싫다. 모든 부모가 같은 마음이라니 그거야말로 이상하다. 세상에는 전형적인 엄마나 부모가 아닌 사람들도 많다. 그 말들이 그 아래 깔린 무수한 사적인 욕망들을 어떤 식으로 짓밟고 억누를지, 그리하여 끝내 자책감과 자괴감이 싹트게 할지를 생각하면 무섭기까지 하다.

언젠가 TV 드라마에서 이런 장면이 나왔다. 대학 시절 건축가가 되는 것이 꿈이라고 당당하게 발표하던 선배는 10여 년 후 보험회사 영업사원이 되었다. 그런 그와 마주한, 제약회사 영업사원이 된 남자 주인공은 국밥 한 그릇을 사이

에 두고 이런저런 이야기를 나눈다. 주인공은 꿈 많고 거칠 것 없던 그들의 젊은 시절을 떠올리며 씁쓸해했다. 그때 보험회사 영업사원인 선배가 이런 말을 한다.

"자식이 생기니까 못 할 일이 없더라."

그 순간 나는 그 지리멸렬한 대사에 경외감을 품었다. 만약 그 남자배우가 죽지 못해 산다는 시늉을 했더라면 그 말이 싫었을 것이다. 소주라도 한잔 걸쳤더라면 더 그랬을 것이다. 그러나 그 배우는 눈이 보이지 않을 정도로 활짝 웃고는 씩씩하게 국밥을 입안으로 떠 넣으면서 그 대사를 말했고, 나는 눈물이 핑 돌 정도로 감동을 받았다.

못 할 일이 없다. 자식이 생기니까 정말로 못 할 일이 없다. 굶어 죽지 않기 위해 최선을 다한다. 공과금을 밀리지 않기 위해 최선을 다한다. 나쁜 말을 쓰지 않고, 따뜻한 밥을 차려주고, 피곤해서 쓰러지고 싶어도 빨래를 빨고 숙제를 봐주고 몸에 로션을 발라주기 위해서 노력한다. 울고 싶은 날에도 눈물을 참는다. 나처럼 부정적이고 참을성도 없고 여전히 처음이 무서운 사람이 이런 말도 한다. "좋은 건 언제나 늦게 오는 거야" 같은 말을. 그런데 그 일은 딱히 어디 가서 자랑할 만큼 대단한 일도 아닌 것이, 세상의 그 많은 부모들이 지금껏 해왔고 또 다 하고 있는 일이다.

나는 딸에게 말했다.

"아, 우리 딸이 우쿨렐레 연주하는 거 듣고 싶다. 정말 듣고 싶다. 듣고 싶어 죽겠다."

딸은 여전히 내 말을 건성으로 듣고 대꾸도 하지 않았다.

그러다 내가 설거지를 하고 있을 때 슬며시 우쿨렐레를 가지고 나와서는 내 등 뒤에서 연주를 하기 시작했다. 나는 흥을 깨지 않기 위해 가만히 듣고 있다가 연주가 끝나고 나서야 등을 돌려 마구 칭찬을 해주었다. 딸은 씨익 웃으며 방으로 들어갔다.

내가 누군가에게 이렇게 할 수 있는 사람일 줄은 그 누구도, 심지어 우리 엄마도 몰랐을 것이다. 물론 나 자신도 몰랐다.

좋은 건 언제나 늦게 온다.

스마트폰도 없이

스마트폰을 잃어버렸다. 어디에서 잃어버렸는지는 모르겠는데 그냥 잃어버렸다. 내 활동 반경이라고 해봐야 집과 사무실. 둘 사이는 걸어서 2분 거리. 집이나 남편의 사무실, 아니면 그 사이 골목 어딘가에 내 스마트폰이 있을 것이다.

집과 사무실을 샅샅이 뒤졌다. 그야말로 샅샅이. 쓰레기통에 가구 밑, 심지어 냉장고와 신발장 안까지 뒤졌다. 하지만 나오지 않는다. 그렇다면 길에서 떨어뜨린 건가? 정신이 나간 게 아니라면 스마트폰이 떨어지는 그 큰 소리를 못 들었을 리가 없다. 하지만 요즘 내 정신 상태를 고려한다면 자신할 수는 없다. 못 들었을 수도 있지. 대체 내 스마트폰은 어디로 가버린 걸까.

1분에 한 번씩은 스마트폰을 들여다보던 내가 스마트폰을 잃어버리니 갈피를 잃은 기분이다. 스마트폰 없이 살면 어떻게 되느냐 하면, 스마트폰의 대용품을 찾아 헤매게 된다. 나에게는 물욕 없는 남동생이 네팔로 떠나며 가지라고

준 아이패드가 하나 있다. 전에 일하던 직장에서 일을 잘 한다고 무슨 상을 받았는데 그 경품이라고 한다. 포장도 뜯지 않은 새것. 용량은 130기가바이트에 육박한다. 그런 물건을 동생은, 가난한 내 동생은 뜯어보지도 않고 누나에게 줘버린다. 스마트폰을 잃어버린 나는 이제 동생이 준 아이패드를 붙잡고 앉아 있다. 하지만 아이패드는 커서, 아무래도 스마트폰처럼 습관적으로 들고 있기는 힘들다.

나는 마음 붙일 데를 찾아보려고 애쓴다. 차를 마신다. 차를 마시면 마음이 진정되니까. 스마트폰으로 1분에 한 번씩 내 인생을 남들에게 전시하고 싶은 충동을 참는다. 참을 수밖에 없다. 사진도 찍지 않는다. 남의 인생을 구경하지도 않는다.

대신 나는 오래전에 읽은, 좋아했던 책 한 권을 꺼내 들여다보았다. 그때는 좋았지만 지금은 왜 좋았을까 싶은 책이다. 웬만큼 여유가 생기지 않는다면 보지 않을 책이다. 그렇다. 바로 지금이다. 지금이 이 책을 읽을 딱 적당한 시간이다. 다시 읽으니 좋다. 밋밋하고 심심하지만 좋은 책이다. 배신감을 느끼지 않아서 다행이다.

스마트폰이 없는 생활도 그리 나쁘지 않다. 어차피 내게는 전화도 거의 걸려오지 않는다. 대부분은 보험 가입, 대출 권유, 휴대폰 교체 요망 전화다. 뭐라고 답을 해야 좋을지 모를 안부 메시지를 안 받아도 되는 것도 편하다. 이참에 스마트폰 없이 사는 법을 연습해야겠다는 생각도 든다.

몇 년 전 친구와 함께 일본으로 여행을 갔을 때, 그때도 나에게는 스마트폰이 없었다. 그래서 구글맵으로 길을 찾을 수도 없었다. 친구는 아침에 눈을 뜨면 스마트폰을 꺼내 만지작거렸다. 대개 뉴스 같은 걸 검색했을 것이다. 나는 건너편 침대에서 가져온 책을 읽었다. 아마 요 네스뵈나 데니스 루헤인의 스릴러 소설이었을 것이다. 지금은 제목도, 내용도 기억나지 않는다.

그때 나는 한국에서 무슨 일이 벌어지고 있는지, 네이버 연예뉴스의 톱을 누가 차지했는지, 내게 온 새 메일이 있는지 없는지, 내 블로그에 누가 뭐라고 댓글을 달았는지 전혀 알 수 없었다. 보험 가입, 대출 권유, 휴대폰 교체 요망 전화를 받을 일도 없었다. 그건 마치 아주 조용한 장소에 고립된 느낌이었다.

사람들은 자신이 나고 자란 사회와 보이지 않는 수백, 수천 가닥의 핏줄 같은 고리로 연결되어 있는데, 그 고리들이 너무 조여온다는 느낌이 들 때 여행을 떠난다. 스마트폰이 없는 나는 이 여행의 목적을 달성한 셈이었다. 나는 잠시나마 한국과의 연결고리를 잃은 것이다.

스마트폰을 산 이후로는 나도 어딜 가든 눈을 뜨자마자 스마트폰을 들고 뉴스를 검색하고 남들의 소식을 궁금해하고 내 소식을 실시간으로 전한다. 여기가 안양인지, 교토인지, 파리인지, 방콕인지 모르겠다. 눈을 감을 때도 마찬가지로 스마트폰을 들고 있다. 나는 내 하루의 80퍼센트를 스마트폰에 바친다. 문득 스마트폰을 잃어버린 지금도 제법 괜찮다는 생각이 든다.

하지만 나는 곧 새 스마트폰을 살 것이다. 아주 좋은 신제품으로. 이걸 다 갚을 때까지 살아 있을 수 있을까 싶은 장기 할부로. 그리고 다시 내 인생을 스마트폰에 고이 바칠 것이다. 혼자 있지만, 단 한 번도 혼자 있어본 적이 없는 사람처럼.

비틀스와 별 볼 일 없는 인생

20년쯤 전에 본 한 오락 프로그램에서 진행자가 거리에 나가 행인들에게 무작정 좋아하는 음악을 물었다. 열여덟인지, 열아홉인지 먹었다는 남학생이 상기된 얼굴로 대답했다. 록 음악이요. 그러자 진행자는 다시 질문했다. 구체적으로 누구? 그러자 남학생이 답했다. 비틀스요. 그러자 진행자가 비웃었다. 록 음악인데 비틀스?

나는 그 진행자에게 말해주고 싶었다. 이 바보야, 비틀스도 록 음악이다.

나는 일을 하면서, 쉬면서, 밥을 지으면서, 밥을 먹으면서, 길을 걸으면서, 지하철이나 버스에 타면서, 달리면서 늘 음악을 듣고 있다. 대개는 귀에 거슬리지 않는 재즈 음악이다. 하지만 내 입장에서 귀에 거슬리지 않을 뿐, 가족들은 괴로워한다. 가끔 남편은 내가 듣는 음악이 살인사건 현장에서 울려퍼질 것 같은 음악이라고 말한다. 보통 집중하고 싶을 때 나는 그런 음악을 듣는다.

동시에 나는 페퍼톤스나 옥상달빛 같은 젊은 밴드도 좋아한다. 언제나 다이나믹 듀오의 팬이었다. 아니, 그 사람들도 더 이상 젊지 않나?

내가 어릴 때 어른들은 다들 옛날 음악을 들었다. 촌스럽고 느끼한 발라드나 포크송 같은 것들. 세상의 아름다움을 찬양하고 이별의 슬픔을 삼키며 잘 살아보겠다고 다짐하는 음악들을. 도대체 저런 음악의 무엇이 좋은지 이해가 안 되었다. 나는 서태지와 H.O.T.의 세대였으니까.

지금 돌이켜보면 어른들은 음악이 아니라 그 음악이 거리에 울려퍼지던 시절의 추억을 듣고 있었다는 생각이 든다. 그들의 젊은 날들을. 그들이 잃어버린 그 많은 가능성과 행운과 인연들을.

20대의 어느 날에 가족과 노래방에 가서 나는 비틀스의 노래를 골랐다. 아마 <Let it be>나 <Hey Jude>였을 것이다. 아빠와 나는 그 노래를 함께 불렀다. 그러면서 나는 40대의 아버지도, 20대의 딸도 좋아서 함께 부를 수 있는 노래를 만들다니 비틀스는 역시 위대하다는 생각을 했다. 그래서 비틀스는 인류 역사에 두 번 등장하기 힘든 전설이 되어버렸구나.

나는 요즘도 종종 비틀스를 듣는데, 〈Penny Lane〉 같은 곡을 틀면 열 살 된 아들이 방에서 뛰쳐나와 이상한 춤을 춘다. 아들은 이 노래가 정말 좋다고 말한다. 할아버지에서 딸을 거쳐 손자에게로, 비틀스는 전해진다.

비틀스가 전 세계를 뒤흔들었을 때 그들은 고작 20대였다. 다시 생각해봐도 대단한 일이다. 나의 20대는 대체 어땠었지? 20대에 세계는 한 손에 잡힐 것처럼 작아 보였고, 그러면서도 나 같은 건 납작하게 밟아버릴 정도로 커 보였다. 나는 자만과 자괴 사이를 정신없이 오갔다. 그러느라 무언가에 집중하거나 오랫동안 끈기를 가지고 어떤 것을 성취할 짬이 없었다. 물론 재능도 없었다.

하지만 비틀스라는 하나의 사건은 폴 매카트니나 존 레넌, 누구 하나의 천재성이 아니라 지구와 운석이 충돌하는 정도로 엄청난 에너지의 결과였는지도 모른다. 완벽한 시간과 완벽한 장소, 완벽한 조합, 완벽한 행운.

가끔 내가 20대에 성공했다면, 무언가를 이뤘다면 어땠을까 하는 생각을 한다. 최소한 30대가 아니라 20대에 첫 책을 냈더라면 어땠을까 하는 생각도(책을 낸 것과 성공한 것은 완전히 다른 문제입니다만). 아니야, 역시 아니다. 20대의 나는 그런 일을 받아들일 수 없었을 것이다. 나는 내 주제를 안다. 나는 재능이나 집념을 타고나지 못했고 유명세나 차고 넘칠 정도의 재물을 감당할 만한 그릇도 못 된다. 세상에는 전 생애에 걸친 안정적인 행운을 누릴 수 있는 강인한 정신과 운명을 타고난 사람들이 있다. 분명히 있다. 하지만 어떤 사람은 너무 빨리 주어진 행운 때문에 몰락하기도 한다. 그리고 운명은 나를 위해 그런 선물을 준비해두지도 않았다. 김칫국은 마시지 말자. 그것이 비틀스의 멤버가 아닌, 지구상 수십억 인구 속의 별 볼 일 없는 한수희의 운명이다.

Hey Jude ~

20대가 문제가 아니라 40대인 지금도 마찬가지다. 나는 그저 내가 감당할 수 있을 만큼의 운을 바랄 뿐이다. 완벽한 행운이 아니라 소박한 행운. 길을 가다 오만 원짜리 지폐를 줍는 정도만큼의 행운.

아빠는 재능도 있고 끈기도 있는 남자였다. 하지만 결정적으로, 야심과 배짱과 타산이 부족했다. 환경도 따라주지 않았다. 그래서 20대에 적성에도 맞지 않는 직업을 택해 평생을 살았다. 그리고 그 사실에 대해 별로 후회하지도 않았다. 아빠는 무인도에 떨어져도 엎드려 울기보다는 집이라도 지을 사람이니까.

언젠가 아빠가 맥주를 마시면서 그런 이야기를 해주었다.

옛날에 엄청난 신동 아무개가 있었어. 어릴 때 천자문을 다 떼고 아무튼 뭐 천재라 학교도 월반에 월반을 거듭해서 열몇 살에 대학에 간다는 둥 했지. 신문에도 나오고 TV에도 나오고. 그런데 그 사람이 지금 뭘 하는지 아니? 정말로 평범하게 살아. 그냥 평범하게 살아. 눈에 띄지도 않을 정도로 평범하게. 그런 거야.

아빠는 기운차게 손을 휘저었다.

그런 거 다 필요 없다.

아빠가 하는 말을 다 믿지는 않지만, 우리를 위해 해주는 그 말은 믿는다.

스튜 끓이는 법

나는 해물을 좋아한다. 해물 여자이다. 하지만 내 고향 남쪽 나라와는 달리, 지금 사는 이 고장에서는 해물이 비싼 데다 싱싱하지도 않다. 별수 없이 우리 집 반찬 재료의 대부분을 차지하는 것도 고기다. 나는 소고기를 좋아하지만 남편은 비싸다며 잘 사주지 않는다. 보통은 돼지고기나 닭고기다.

심지어 우리는 비싼 부위의 돼지고기는 잘 먹지 않는다. 이를테면 삼겹살이나 목살, 갈비는 잘 안 먹는다. 나는 원래 돼지고기를 별로 좋아하지 않고 특히 기름진 부위를 싫어한다. 남편은 원래 좋아했지만 대개 '난 아무거나 먹어도 상관없어. 싸기만 하다면'의 타입이라 뭐든 괜찮다. 연인으로는 잘 모르겠지만 남편으로는 이만한 입맛도 없다.

마트의 정육 코너에서 우리는 늘 가장 저렴한 부위를 집는다. 때로는 썰지도 않은 덩어리 고기를. 앞다리나 뒷다리, 등심이나 안심. 사실 그 부위가 맛이 없거나 질이 안 좋아서 저렴한 것이 아니다. 우리나라에서 별로 인기가 없는 부위라서 그렇다(고 남편은 그 고기를 살 때마다 무슨 주문이라도 외듯 말한다).

얇게 썬 앞다리나 뒷다리를 샀다면 양념에 재워 불고기를 해 먹으면 맛있다. 남편은 손으로 돌려 고기를 가는 작은 도구를 샀는데(싼 물건도 좋아하고 쓸데없는 물건도 좋아한다) 그 도구에 돼지고기를 넣고 갈아서 동그랑땡이나 햄버거 같은 걸 만들어 먹기도 한다. 등심으로는 돈가스나 카레를 만들어 먹고 안심은 장조림을 만들거나 푹 끓여서 스튜를 만든다.

마당이 있는 집에 살 때는 남편이 훈연기라는 걸 사서(또!) 등심으로 햄도 만들고 삼겹살로 베이컨도 만들곤 했다. 소시지도 만들어 먹었다. 남편은 나와 결혼하기 전까지는 이런 삶을 꿈도 꿔본 적 없던 사람이다. 도대체 멀쩡한 집을 놔두고 캠핑 같은 걸 왜 해야 하고 편한 아파트 대신 불편한 단독주택에 살아야 하는 이유가 뭐냐고 되묻곤 했을 만큼. 이제 그는 완전히 다른 사람이 되었고 그 사실에 우리 둘 다 깜짝깜짝 놀라곤 한다. 사람의 가능성은 어디에 숨어 있을지, 언제 피어날지, 누구도 모른다.

요즘 우리는 돼지고기 안심 스튜를 종종 끓여 먹는다. 스튜는 사실 무척 간단한 요리다. 스튜를 우리말로 옮긴다면 잡탕 정도가 되려나. 말 그대로 이것저것 손에 잡히는 대로 냄비 속에 집어넣고 오랫동안 푹 끓이면 스튜가 된다. 〈나를 둘러싼 것들〉이라는 일본 영화에는 법정 취재를 하는 기자들이 사무실에 모여 휴대용 가스버너 위에 커다란 냄비를 올려놓고 즉석에서 카레를 끓여 먹는 장면이 나온다. 물을 붓고 카레가루를 풀고 야채를 그 위에서 그대로 숭덩숭덩 대충대충 썰어 넣어 팔팔 끓이는, 그야말로 잡탕 카레. 딱히 맛있어 보이지는 않았지만 요리를 그런 식으로 해도 되는구나 싶어 재미있었다.

그 정도는 아니어도 나도 스튜를 비슷한 식으로 만든다. 안심을 툭툭 잘라 소금과 후추를 뿌려 밑간을 한다. 로즈메리 같은 허브가 집에 있다면 한 줄기 정도 뜯어서 함께 넣어도 좋다. 냄비에 올리브유를 두르고 안심을 겉면만 갈색이 되게 굽는다. 다 구워지면 고기가 잠길 정도로 물을 붓고 싸구려 레드 와인을 그 반 정도로 콸콸 부은 뒤 토마토나 토마토 통조림을 와인과 같은 양으로 붓는다. 하지만 정량에 구애받을 필요는 없다. 나는 잡탕을 끓이려는 것뿐이니까. 맛있는 것들이 들어간 요리는 어떻게 하든 다 맛있는 법이다.

가능하다면 이 국물에 월계수 잎도 넣고 셀러리나 파슬리도 넣는다. 나는 셀러리와 파슬리를 1년에 한 번 살까 말까 하는데 매번 다 먹지 못한다. 그래서 남은 것들은 말려서 냉동실에 보관했다가 스튜를 끓이거나 할 때 넣곤 한다. 셀러리와 파슬리는 서양요리의 풍미를 높여준다. 물론 없으면 생략해도 상관없다. 나는 요리대회에 나가는 것이 아니라 자신을 위한 스튜 한 냄비를 끓이려는 것뿐이니까.

이제 이 정체불명의 국물을 중간 불에서 보글보글 끓인다. 아, 냉장고에 채소가 있으면 함께 넣고 끓여도 좋다. 뭐든 상관없다. 아무도 욕하지 않는다. 나는 단맛과 감칠맛을 더하기 위해 보통 당근이나 양파를 잘게 썰어 넣는다. 그렇게 한 시간 정도 끓이면 국물이 반 정도로 졸 텐데 그때 물을 부어 처음의 국물 양을 맞춰준다. 다시 약불에서 푹 끓이다 보면 포크로 찔렀을 때 쑤욱 들어가면서 고기가 반으로 갈라지려는 시점이 올 것이다. 이제 다 됐다.

고기를 건져내어 한입 크기로 썬다. 이제 냄비 속의 스튜에 넣을 새로운 채소들을 볶을 때다. 카레에 넣을 만한 채소라면 뭐든 괜찮다. 감자나 고구마, 호박, 단호박, 양파, 당근, 브로콜리, 버섯 등등을 역시 한입 크기로 썰어 프라이팬에 볶는다. 스튜 국물에 썰어둔 고기와 볶은 채소를 넣고 한 번 더 끓인다. 이번에는 채소가 익을 정도로만 끓이면 된다. 맛을 보라. 간이 맞지 않을 것이다. 그럴 때 나는 시판 스파게티 소스를 한두 컵 정도 넣어 간을 맞춘다. 조미료 없이 진한 맛을 내기는 쉽지 않으니까. 누가 뭐라든 상관없다. 나는 무언가를 증명하기 위해서가 아니라 그저 맛있는 스튜 한 냄비를 먹고 싶을 뿐이니까.

이제 스튜는 완성되었다. 빵이나 밥과 함께 먹으면 아주 맛있는 스튜다. 와인이 들어가 깊은 맛이 난다. 토마토가 들어가 상큼하기도 하다. 하룻밤 두었다가 데워 먹으면 더 맛있다. 가능하다면 아주 많이 끓여두었다가 친구를 불러 나누어 먹고, 남은 것은 다음 날 데워서 혼자 먹어도 좋다.

스튜 끓이기는 사실 그렇게 어렵지는 않다. 하지만 시간이 많이 걸린다. 라면을 끓이는 일보다는 품도 훨씬 많이 든다. 이런 시간들이 1년, 2년, 10년씩 모여 지금의 우리를 만든 것 같다.

　10년 전의 우리와 지금의 우리가 다른 사람일 리는 없을 것이다. 사람은 그렇게 쉽게 변하지 않으니까. 하지만 기차가 철로를 변경하는 것처럼 우리는 조금씩 방향을 틀어 여기까지 왔을 것이다. 그 시간 동안 우리는 우리가 어떤 부위의 돼지고기를 좋아하는지 알았고, 우리 자신과 친구들을 위한 베이컨과 햄을 만들었고, 스튜가 끓기를 기다렸다. 중요하지는 않지만 필요한 시간이었다. 그건 확실하다.

스웨터 철학

겨울에 스웨터를 입으면 따뜻하다는 사실을 나는 서른 다섯 살이 넘어서야 알았다. 왜 나는 모든 것을 이렇게 늦게 깨닫는 걸까.

나는 20대와 30대의 겨울 대부분을 스웨터를 입지 않고 보냈다. 스웨터를 입지 않던 시절, 나에게 겨울은 견딜 수 없을 정도로 추운 계절이었다. 지금 돌이켜보면 옷을 제대로 입지 않았기 때문이다. 여름에 입던 얇은 반팔 티셔츠 한 장에 코트를 걸치기도 했고, 목도리나 모자 따위는 쓰지 않았다. 스웨터도 입지 않았다. 어깨가 넓고 체구가 커서 스웨터를 입으면 더 커 보일까 두려웠던 것이다.

아무리 살아도 나는 큰 키와 체구에 좀처럼 익숙해질 수가 없었다. 생각해보라. 큰 사람이 자기가 크다는 사실을 인지하면서 살아간다는 건 기묘한 일이다. 세상을 자신의 사이즈에 맞춰 생각할 수밖에 없다. 모든 것이 나에게는 너무 작았고, 남들이 보기에는 코웃음이라도 치면서 살고 있는 것처럼 보였겠지만 정작 나는 늘 실망만 가득 안고('나

에게 맞는 사이즈는 없구나') 살았다.

이제 나는 스웨터를 입는다. 내복도 입는다. 입으면 북극 곰처럼 보이는 거위 털이 든 점퍼도 입는다. 털모자도 쓰고 목도리도 칭칭 동여맨다. 울 양말을 신고 부츠도 신는다. 실은 패션 화보에 나오는 모델들처럼 멋진 코트를 입고 싶다. 하지만 코트 차림이 멋져 보이려면 옷깃을 여며서는 안 된다. 그게 포인트다. 속에는 잠자리 날개처럼 얇은 옷을 입고 단추를 모두 푼 채 코트 자락을 펄럭여야 한다. 스웨터를 입고 단추를 모조리 채운 코트 차림은 또 다른 북극곰일 뿐이다. 하지만 가을에 코트를 입는 게 아니라면 이 극동의 추운 나라에서 코트 자락을 열고 다니다니, 그게 가능하기나 한 일인가.

내가 이 나이가 되어서야 깨달은 것은 대충 이런 것들이다.

1. 적절한 차림을 하면 아무리 추운 날에도 바깥에 나갈 수 있다.
2. 잇몸이 아플 때는 그 부위를 더 열심히 칫솔질해야 한다.
3. 누군가를 미친 듯이 좋아하게 된다면, 곧 그 누군가가 꼴도 보기 싫어질 것이다.
4. 칭찬을 퍼부으며 다가오는 사람을 믿지 마라.
5. 행복한 부부생활의 열쇠는 기대를 버리는 것이다. 상대를 버스에서 만난 어쩐지 말이 잘 통하는 아저씨(또는 아줌마)라고 생각하는 정도면 적당하다. (내가 한 말이 아니라 기타노 다케시

가 한 말이다.)

6. 자식을 낳으면 일단 그놈들이 내 말을 들을 리가 없다고 생각해야 한다. 그 사실을 인정하지 않으면 자식 키우는 일은 고통의 연속이다.

7. 미인의 기본은 좋은 혈색이다.

8. '이건 비밀인데'는 비밀이 아니라는 뜻이다. '너만 알고 있어야 해'라는 말은 곧 모두가 알게 되는데, 모두 서로가 알고 있다는 사실만 모를 것이라는 뜻이다.

9. 무언가를 하고 싶다는 말만 열심히 하고 다니는 사람은 대개 그 일을 할 생각이 없는 사람이다.

10. 살을 빼겠다며 헬스클럽부터 등록할 필요가 없다. 먹는 것을 줄이지 않으면 체중 감량은 불가능하다.

11. 그리고 몸무게는 진리처럼 고정불변한 것이 아니다.

12. 남들에게 내 행복을 떠벌리지 마라. 불행해 보이면 동정표라도 얻을 수 있다.

13. 하지만 나를 모르는 남들 앞에서 징징대지 말 것. 징징대는 건 먹잇감이 여기 있다는 신호나 마찬가지니까.

14. 말싸움은 언제나 득 될 것이 없다.

15. 처음부터 잘하려고 하면 곧 환멸을 느끼게 되어 있다. 일이든 관계든.

16. 성격 좋은 사람들은 대개 극과 극이다. 남의 감정에 지나치게 무디거나, 남의 감정에 지나치게 이입하거나.

17. 그럼에도 좋은 사람이 되는 것은 중요하다. 사람은 혼자 살 수 없으니까.

18. 남의 말을 듣지 마라. 그 사람에게나 통하는 법칙일 뿐이다.

19. 고로, 이 말들도 읽고 잊어버리시라.

이제 나는 겨울을 스웨터와 함께 난다. 뚱뚱해 보이건, 북극곰처럼 보이건, 스모선수처럼 보이건, 상관없다. 어떻게 보이건 얼어 죽는 것보다는 낫다.

20. 좋은 스웨터 한 벌이면 어떤 추위도 두렵지 않다.

때를 기다리는 것

　스물두 살에 고향에 내려갔다가 카페에서 한 달간 아르바이트를 한 적이 있다. 손님이 죽어라 오지 않던 카페였다. 사장은 30대 후반의 여자였다. 이혼을 하고 아들 둘을 홀로 키우던 사장은 카페를 팔고 캐나다로 이민을 가고 싶다고 했다. 정말이지 지겨울 정도로 손님이 없는 카페였다.

　나는 하루 종일 거의 혼자서 카페를 지켰다. 그러면서 원두커피도 내리고 대추차도 타고 때로는 칵테일을 만들기도 했다. 점점 카페 일에 익숙해진 나는 인도 라자스탄 지방의 전통음악 같은 걸 틀어 손님을 내쫓았고 친구를 불러 공짜 커피를 주다가 사장에게 들켰고 유자청이 든 커다란 병을 깬다든가 했다. 나는 무슨 음료든 허둥대면서 만들었는데, 사장이 뭐라고 지적을 하면 한 달도 안 된 알바생이 몇 년을 일한 사장보다 잘하는 게 말이 되느냐며 맞받아쳤다. 나는 무슨 병이라도 있는 게 아닐까 싶을 정도로 눈치 없고 무능하고 사회성이 떨어지는, 한마디로 최악의 아르바이트생이었다. 그걸로도 모자라서 나는 사장과 이야기를 할 때마다 거의 누울 듯한 자세를 취하곤 했다. 사장은 그런 나에게 똑바로 앉지 않는 사람이 싫다고 했다. 나는 그게 나 들으라고 하는 말인지도 모르고 그냥 누워 있었다. (지금 생각해보니 병이 있었던 게 틀림없다.)

세월이 흘러 나도 간혹 무책임하고 불성실한 이들의 상 사가 될 때가 있다. 하지만 나야말로 병이 의심될 정도로 무책임하고 불성실하고 기분 나쁜 여자애였기 때문에, 그 들에게 뭐라고 말할 자격이 없다. 그때 누군가가 내게 진지 하게 충고하거나 무섭게 불호령을 내렸다면 나도 달라졌을 까. 아니, 소귀에 경 읽기였을 것이다. 사실 내가 지금껏 살 아오면서 무언가를 배웠다면 누군가의 잔소리가 아니라 스 스로 실패해본 경험에서다. 그리고 어린 나이에 남의 말을 너무 잘 듣는 것도 좀 이상한 게 아닐까 싶다.

한 달간의 아르바이트 기간이 끝났을 때는 나나 사장이나 속이 후련했다. 그때 나는 알았다. 손님 없는 카페에서 일하 는 것이야말로 세상에서 가장 끔찍한 일이라는 걸.

30대 후반에 동네 뒷골목에 카페를 차린 나는 그때의 그 사장처럼 손님 없는 카페의 주인이 되었다. (다행히 이혼은 하지 않았다.) 나는 하루 종일 카페에 앉아 사람을 기다렸 다. 내 가게이지만 아무 자리에나 앉을 수도, 아무렇게나 앉아 있을 수도 없다. (누울 수도 없다.) 김치찌개를 끓여 먹 을 수도 없다. 내 가게이지만 내 가게가 아니다. 밖으로 나 가고 싶어도 나갈 수가 없다. 그건 감옥이었다. 예쁜 감옥.

무책임하고 무능했던 아르바이트생이 카페의 주인이 되

다니. 이제 더는 무책임해서도 무능해서도 안 된다. 나는 이 카페의 주인이니까. 이제야 어떤 이들이 왜 무책임하고 무능한지 깨닫는다. 그게 자기 일이 아니기 때문이다. 모든 사장이 원하는 '남의 일을 자기 일처럼 하는 사람'은 솔직히 말해 이상한 사람이다. 자기 일이나 자기 일처럼 하면 된다. 그것도 힘들다.

나는 그 예쁜 감옥에서 2년 가까운 시간을 보냈다. 많은 일이 있었다. 재미있는 일도, 의미 있는 일도, 괴로운 일도, 화나는 일도 있었다. 대부분은 세월이 지나면 기억조차 잘 나지 않을 정도로 대수롭지 않은 일들이었다.

지금 돌이켜보니 그 기간은 어쩌면 수련의 기간이었을 수도 있겠다 싶다. 기다리는 일, 시간을 들여 무언가를 차곡차곡 쌓아가는 일, 그런 것에 나는 좀처럼 소질이 없었다. 그런데 카페의 주인이던 그때, 나는 지금 기다리는 일을 배우고 있는지도 모르겠다고 생각했다. 손님을 기다리는 것이 아니라, 때를 기다리는 것. 그게 무슨 때인지는 확실치 않았지만 말이다.

덧붙임.

그 카페는 지금은 문을 닫았다. 이제 그 카페는 세상에 존재하지 않으니 찾아오셔도 찾을 수 없을 것이다. 그것에 대해서 일말의 아쉬움조차 남아 있지 않으니 센티멘털해질 필요도 없다. 그건 그냥 사람이 인생에서 겪게 되는 한 시기였을 뿐이다.

걷는 남자

우리 동네에는 한 남자가 있다. 나이는 많아봐야 30대 중반에서 후반 정도일 것이다. 처음 보았을 때 그 남자는 아내인 듯 보이는 젊은 여자의 부축을 받아 겨우 한 걸음, 한 걸음을 떼고 있었다. 얼굴 근육을 움직이는 것이 부자연스러웠고, 다리를 들어올려 한 발짝을 내딛는 것도 어려워 보였다.

한낮이었다. 젊은 남자들은 일터로, 아이들은 학교나 유치원, 어린이집으로 떠난 후 동네가 적막에 잠기는 시간. 멍한 얼굴의 젊고 늙은 여자들이 유령처럼 골목을 배회하는 시간. 그런 시간에 아직 젊은 그가 걷는 방법을 연습하고 있었다. 남자도, 아내도 아무 말이 없었다. 그들은 내가 지나가는 동안 잠시 멈춰 섰다가 다시 걷기 시작했다. 말 없이, 천천히.

남자보다는 아내의 얼굴에 눈이 갔다. 내 나이 정도 되었을 것 같다. 무표정하다. 불만이 있어 그런 표정인 것이 아니다. 그저 지친 것이다. 연이어 닥친 절망적인 상황과 피로 속에서 남자의 아내는 무엇도 섣불리 확신하거나 희망을 품지 않게 된 것 같았다. 어쩌면 동정 어린 시선을 받는 것이 끔찍하게 싫은지도 모른다. 그래서 무표정한 얼굴로 대처하자고 마음을 먹은 건지도 모른다. 우리가 뭘 하고 있는지 보셨죠? 자, 이제 가세요.

나는 생각해봤다. 언젠가 내게 불행이 닥친다면, 상상하고 싶지도 않은 끔찍한 불행을 겪게 된다면 어떨까. 나 역시 그 여자처럼 무표정해질 것 같다. 식상하고 섣부른 동정이나 위로 같은 건 사양이다. 가만 생각해보면 누군가의 불행 앞에서 눈물짓다가 곧장 뒤돌아서서 웃고 떠들던 일이 얼마나 많았던지. 사람은 무서운 존재인 것이다.

어떤 이는 내게 이렇게 고백한 적이 있다. 저에게 엄청난 불운이 닥친다면, 끔찍한 일이 일어난다면, 저는 아무도 모르는 곳으로 숨어버릴 거예요. 아무도 제 불운을 모르는 곳으로. 나는 그 고백을 종종 곱씹곤 한다.

그해에 나는 그 남자를 여러 번 더 보았다. 몇 번은 아내가, 몇 번은 어머니인 듯 보이는 나이 든 여자가 그를 부축하고 있었다. 그 사람들은 여전히 무표정하고 말이 없었다.

몇 개월쯤 지나자 남자의 걸음걸이는 눈에 띄게 빨라졌다. 경직되어 있던 표정도 조금은 부드러워진 것 같았다. 그렇다고 해도 그들은 이 빠른 세상에서 달팽이 정도의 속도로 겨우 움직이고 있었다.

그로부터 몇 개월이 더 지나고 아마 해가 바뀌었을 것이다. 어느 겨울, 나는 홀로 걷고 있는 남자를 보았다. 양손으로 지팡이를 짚은 채 비틀비틀, 여전히 느리지만 예전에 비해서는 한결 부드럽게 움직이는 그를. 나도 모르게 반가운 마음이 들어 인사라도 건네고 싶어질 정도였다.

다음번에 만났을 때 그는 거의 보통 사람의 속도로 걷고 있었다. 조금 부자연스럽기는 하지만 열심히 걷고 있었다. 남자는 땀을 뻘뻘 흘리며 하루에도 몇 시간씩 걸었다. 오전에 그렇게 걷고 있는 그 남자와 마주치고, 저녁에 또 보게 되는 일도 있었다. 그럴 때마다 나는 속으로 그 남자를 응원했다. 잘하고 있어요. 힘을 내요. 많이 좋아졌어요. 이제 다 왔어요.

아마 그렇게 3년 정도가 지났을 것이다. 그 3년 동안 남자는 계속해서 걷고 있다. 여전히 지팡이 없이 홀로 걷기는 좀 위태해 보이지만 지팡이만 있다면 세상 어디라도 걸어갈 수 있을 것처럼 걷는다. 산티아고 순례길이나 사하라 사막 종주도 불가능할 게 없을 것 같다. 그렇게 그는 기운 넘쳐 보인다.

그 오랜 기간 동안 그는 무엇을 느끼고 무엇을 생각했을까. 건강을 되찾게 되면, 지팡이 없이도 걸을 수 있게 된다면, 그는 무엇을 가장 하고 싶을까.

그 몇 년의 시간 동안 그 남자에게는 오직 걷는다는 목표밖에는 없었을 것이다. 전에, 걷기 힘들어지기 전에 그가 어떤 사람이었는지 나는 모른다. 그는 원래 그렇게 목표의식이 뚜렷하고 뭐든 열심인 사람이었을까. 아니면 장애를 얻게 되자 그렇게 된 것일까. 사람은 누구나 그럴 수 있는 것일까. 나도 그럴 수 있을까.

얼마 전에 남편이 우리 집에서 빠른 걸음으로도 30분 가까이 걸어야 하는 마트에 다녀와서는 그 남자가 거기까지 걸어왔다고 말해줬다. 남편과 나는 성격도 성향도 너무 달라서 같은 마음일 때가 별로 없고 대개는 "이럴 바엔 헤어지자!"며 싸워대는 커플이지만, 이럴 때는 한 팀이 된다.

우리는 그 남자를 함께 응원한다. 우리가 그런 일에 있어서는 한 팀이라는 것에 안심이 된다. 왜냐하면 그런 일, 몇 년 동안 걷는 연습을 하는 한 젊은 남자를 응원하는 일은, 내가 생각하기에는 다른 무엇과도 비할 수 없을 정도로 중요한 일이기 때문이다.

무리하지 않는 선에서

4길

걷다 보니 그렇게 된 것뿐

어른의 위안

얼마 전에 한 친구가 내게 말했다.

"사는 게 너무 지친다. 열정에 불타올라서 하고 싶은 일을 시작했는데 이젠 지긋지긋해."

나는 답했다.

"맞아. 나도 작년엔 정말 '뿅!' 하고 사라졌으면 했어. 그러면 내가 남은 자리에 연기 한 자락만 피어오르겠지. 그렇게 아무도 모르게 사라지고만 싶었어. 누가 날 알아주는 것도 싫고 누구에게 하소연을 하고 싶은 것도 아니야. 그저 사라져버리고 싶었어."

친구는 물었다.

"그럴 때 넌 어떻게 했어?"

나는 생각해봤다. 어떻게 했지? 내가 어떻게 그 시기를 넘겼더라. 그제야 기억이 났다.

"아, 드라마를 봤어."

매일 밤 드라마를 봤다. 거의 매일 밤. 나는 원래 TV를 잘 보지 않고 드라마는 더더욱 잘 보지 않는다. 아무리 재미있는 드라마도 중반 이상을 넘어간 적이 없다. 그런 면에서는 끈기가 부족하다. 습관적으로 드라마를 보는 사람들을 잘 이해하지 못했다. 그런 내가 드라마에 푹 빠졌다.

드라마를 보다가 어느 날 생각했다. 어쩌면 그 옛날의 긴 소설들은 그 시대 사람들에게 지금 드라마의 역할을 했겠구나. 나는 『안나 카레니나』나 『오만과 편견』 같은 소설이 재미있고 유익하긴 하지만 지나치게 길다고 생각했는데, TV도 라디오도 인터넷도 없던 시절에는 이렇게 긴 소설이 정말로 필요했을 것이다. 오늘은 여기까지 읽고 내일은 그 다음부터, 옛사람들은 이런 식으로 밤마다 야금야금 긴 소설을 읽어나가는 시간을 즐겼을 것이다. 느린 호흡으로 타인의 인생을 훔쳐보고, 그 이야기들 속에 푹 파묻혀 자신의 삶을 되돌아보며 살아갈 힘을 얻었을 것이다. 그리하여 인생이란 무엇인지를 배웠을 것이다. 그리고 요즘의 드라마들은 충분히 그런 역할을 하고 있는 것 같다. (물론 드라마도 양극화되어, 어떤 드라마는 한 권의 책보다 더 큰 울림을 주지만, 어떤 드라마는 보고 있는 것만으로도 한 회당 지능지수가 10 정도씩 낮아지는 것 같긴 했다.)

드라마를 보는 동안 나는 낮 동안의 근심과 시름과 걱정을 잊을 수 있었다. 드라마를 보고 있으면 산 위에 올라가 세상을 내려다보는 것처럼 이 인생이 한눈에 보이는 것 같았다. 사람들은 다 이런 식으로 살아가는구나. 별것도 아닌 것들에 아등바등하면서. 그런데 그런 것들이 참으로 중요하고 또 심오한 것이구나. 세상에 하찮은 인생은 없구나.

4부 길어 보면 그런 것들

나는 마치 내 인생을 관찰카메라로 보고 있는 기분이 들었고, 그러면서 내가 무엇을 놓치고 있는지를 생각했다. 물론 매 순간 그랬다는 것은 아니고 대개는 아무 생각 없이 봤다. 아무 생각 없을 수 있는 시간이 절실했기 때문이다.

그 시절 내가 푹 빠져 있던 드라마는 〈나의 아저씨〉. 중년의 남자와 20대의 젊은 여자가 서로 의지하며 삶의 의미를 되찾는다는 이야기로, 처음에는 '뭐가 이렇게 어두워' 하며 억지로 보다가 중반부터 갑자기 몰입하기 시작해 거의 매회를 울면서 봤다. 이 드라마는 중반부가 되어서야 감추었던 것들을 모조리 꺼내어 하나씩 터뜨리는데, 그 타이밍이 매우 절묘해서 인간의 삶이 이런 게 아닐까 싶을 정도였다.

특히 나는 이 대사를 듣고 이 드라마에 마음을 내주게 되었다. 연기 못하는 여배우가 중년 아저씨들로 가득 찬 동네 술집에 와서 눈치 없이 하는 대사였다.

"여기 있는 분들 다들 망했잖아요. 그래서 존경해요. 사람들은 망하는 걸 제일 무서워하잖아요. 그런데 여기 있는 분들은 다 망했는데 잘 살아가고 있잖아요. 그래서 안심이 됐어요. 아, 망해도 괜찮구나. 망해도 되는구나."

드라마 속 문제의 '아저씨'는 가난하고 힘든 현실을 살아가는 차가운 마음의 여자애를 여러모로 돕곤 하는데, 그의 도움은 득도하거나 해탈한, 완벽한 인간으로서의 느끼한 조언이 아니다. 그런 사람이 있을 리가 없지. 대신 아저씨는 여자애를 위해 현실적이고 신체적인 부담을 진다. 그야말로 피멍이 들어가면서 여자애를 돕는 것이다. 어느 면으로 보나 기분 나쁜 여자애가 자기 인생에 들러붙는 것도 부담스러울 텐데, 어느 순간부터 그는 그 부담을 마다하지 않는다. 그 애에게서 자신을 보았기 때문이다. 그 애가 자신을 알아줬기 때문이다. 그리고 얼음처럼 차가웠던 여자애의 마음도 녹아내린다.

내가 이 드라마에서 가장 좋아했던 장면은 이 장면이다. 어느 날 어른들은, 제각기 망한 어른들은 이런 밤길에 어린 여자애를 혼자 집에 가게 둘 수 없다며 다 함께 집까지 걸어주기로 한다. 그 길에서 여자애는 말한다. "빨리 어른이 되고 싶어요. 빨리 어른이 되면 사는 게 좀 쉬워질까 싶어서." 그러자 여자애를 둘러싼 어른들은 걸음을 멈춘다. 무슨 그런 말이 다 있느냐는 표정으로. 하지만 그들은 아무 말도 하지 않고 쓸쓸하고도 따뜻한 미소를 지으며 여자애의 팔짱을 끼고 다시 걷기 시작한다. 나중에 여자애를 바래다주고 돌아오면서 그들은 이렇게 되뇐다.

"생각해보니 그렇다. 젊어서도 사는 게 쉽진 않았어."

한밤중의 이 기묘한 산책은 마치 천국에서의 그것처럼 따뜻해 보였다. 정말로 어른스러운 산책이라는 것이 있다면 바로 이런 모습일 거라는 생각도 들었다.

나도 이제 어른이, 누군가에게 조언을 하는 나이가 되었다. 만약 내가 조언을 하는 나를 보게 된다면 나 자신을 때려주고 싶을 것 같다. 나는 아무것도 모른다. 내가 아는 것이라고는 내 인생뿐이다. 그런 내가 어떻게 남의 인생에 대해 이러쿵저러쿵 떠들 수 있다는 말인가. 그런데 나는 떠든다. 정말 꼴 보기 싫다. 그러고 난 다음엔 언제나 술자리에서의 추태를 떠올리는 것 같은 기분이 든다.

어릴 때 나는 어떻게 살아야 할지 몰랐는데, 지금 나는 어떤 식으로 조언을 해야 할지 몰라서 당황한다. 어떤 이는 자신이 힘들던 순간에 '나도 그랬어' '이렇게 해보면 어떠니?'라는 말이 조금도 도움이 안 될 뿐더러 오히려 기분만 나빴다고 말한다. 나는 종종 그렇게 말하기 때문에 뜨끔한다. 내가 뭘 잘못하고 있는 건가? 어떤 이는 반대로 '나도 그랬어' '정신 차리고 살아'라는 말에 힘이 솟았다고 말한다. 어쩌라는 거야, 대체? 울고 싶다.

어쩌면 나는 모든 사람에게 좋은 사람으로, 괜찮은 어른으로 비치고 싶어 이런 것을 고민하는지도 모른다. 사랑받고 싶은 것이다. 하지만 어떤 사람은 나를 싫어할 것이고 어떤 사람은 나를 좋아할 것이다. 어쩔 수 없다. 나는 나쁜 사람은 아니지만 그렇다고 딱히 좋은 사람도 아니고 괜찮은 사람도 아니며 대개 지질할 것이다. 나는 그저 나이 든 아주머니일 뿐이다.

삶은 피멍이 들도록 부딪쳐오는 수많은 장애물로 이루어져 있다. 그런 걸 이제는 안다. 돈으로, 가짜 행복으로, 일시적인 위안물들로 가리려고 해도 가려지지 않는다. 사람들이 원하는 것은 그런 장애물에 부딪혔을 때 조금이라도 덜 아프게 해줄 무언가일 것이다. 그래서 어떤 이들은 정신 차리고 살라며 뺨을 때리고, 또 어떤 이들은 다 괜찮다며 어깨를 토닥여준다. 그러고 보니 그 많던 멘토들은 다 어디로 갔을까. 어쩌면 그 멘토들도 다 망해버린 건 아닐까.

뭐, 그래도 괜찮지. 망해도 괜찮지. 망해도, 망한 후에도 사람은 어떻게든 살아가게 되어 있으니까.

한밤중에 머리 자르기

한밤중에 머리를 잘랐다. 생각해보면 지금껏 서너 번 정도, 한밤중에 가위를 들고 머리를 자른 적이 있다. 한밤중에 가위를 들고 머리를 자르는 여자라니 상상하면 무시무시하지만 딱히 실연을 당했다거나 하는 거창한 이유 같은 건 없었다. 그냥 갑자기 머리를 너무 자르고 싶어졌는데 미용실이 다 문을 닫은 시간이고 마음은 급하고 그래서 자른 것이다. 그러니 당연히 제대로 잘릴 리가 없다.

이상한 일이지만 그럼에도 크게 실망한 적은 없는 듯하다. 왜일까. 미용실에서 자른 머리는 항상 어색하다. 어느 미용실이건 얼마를 주건 그렇다. 나는 지금껏 단 한 번도 상쾌한 기분으로 미용실을 나서본 적이 없다. 혹시 그래 본 적이 있는지? 언젠가는 파마를 마친 후 상쾌한 얼굴로 "너무 마음에 들어요!"를 외치며 떠나는 옆자리 여자를 보고 깜짝 놀란 적이 있을 정도다. 나는 그래 본 적이 없기 때문이다.

대개 미용실에서 나는 엉덩이에 땀띠가 나도록 앉아 온

122

갓 시술을 다 마치고 거울을 0.1초쯤 흘겨본 뒤 "좋네요"라는 짧고 어색한 한마디를 내뱉는다. 뒤이어 미용사 선생님의 노고를 치하하고 기껏 머리털에 이 정도 돈을 써도 되는 걸까 싶은 어마어마한 비용을 치른 후 미용실을 빠져나와 (그들은 꼭 다듬으러 다시 오라고 말하지만 애초에 다듬지 않아도 좋을 머리를 해주는 게 낫지 않을까 싶다) 모퉁이를 돌자마자 머리끈을 꺼내 머리를 묶어버린다. 그리고 집에 와서 머리가 빨리 자라기만을 기도하고 기원한다. 늘 있는 일이다.

미용실에서 한 머리가 마음에 든 적이 없는 이유는 그 머리 모양이 꼭 대한민국 평균의 여성에 나를 끼워 맞춘 것 같기 때문이다. 단순히 얼굴형에 잘 어울리거나, 어울리지 않거나의 문제가 아니다. 이건 내가 아니다. 대한민국 평균이다. 대한민국 평균 여자의 머리를 한 얼굴이다. 거리에서 나는 같은 머리 모양을 한 여자들을 발견하고 부끄러운 감정에 휩싸인다. 우리는 모두 대한민국 평균에 도달하기 위해 안간힘을 쓰고 있는 것만 같다. 하지만 실제로 대한민국 평균인 사람이 어디에 있겠는가. 사람들은 다들 평범하고 다들 이상하다.

아무튼 내가 자른 머리 모양의 나는 대한민국 평균이 아니다. 내 실력이 그에 미치지 못한다. 그저 길이에 맞춰 싹둑 자른 것이기에 세련미라고는 당최 찾을 수가 없다. 하지만 자연스럽다. 이상하게 자연스럽다. 그것은 내가 무언가가 되려 하지 않았기 때문일 것이다. 내가 아닌 다른 사람(이를테면 대한민국 평균)이 되려 하지 않았기 때문이다. 나

는 그저 머리카락의 길이를 달리하고 싶었을 뿐이고, 머리를 잘랐어도 나는 여전히 나다.

전에 독자와의 만남 행사 때 내 책을 읽었다는 어떤 분이 "그렇게 무기력한데 아이들을 어떻게 키우시나요?"라는 취지의 질문을 했는데, 그 질문을 받고 나는 깜짝 놀랐다. "아니요, 저는 무기력하지 않은데요. 저는 늘 제가 성인 ADHD가 아닐까 의심하고 있어요." 그 대답을 들은 독자도 깜짝 놀란 표정이었다.

나는 단 한 번도 내가 무기력하다고 생각해본 적이 없는데 그분은 왜 내가 그럴 거라 짐작했을까? 오히려 나는 쓸데없이 에너지가 넘쳐서 탈이라고 믿어왔다. 보통 때 나는 반드시 해야 할 일, 하지 않으면 안 되는 일만 한다. 나머지 시간에는 그분이 말한 것처럼 무기력하게 널브러져 있다. (무기력한 게 맞다.) 아니, 적어도 그러고 있는 것처럼 보인다. 사실 머릿속은 내 걱정, 자식 걱정, 가족 걱정, 나라 걱정, 지구 걱정으로 미친 듯이 돌아가고 있지만 아무튼 몸은 무기력하다.

그런 내가 가끔 기운이 뻗쳐 각성제라도 먹은 사람처럼 잠도 자지 않고 꼭 하지 않아도 될(하지 않는 것이 좋을) 일을 할 때가 있는데, 그때가 바로 조증이 도래하는 시기다. 그때 나는 보통 무얼 하느냐 하면, 김치를 담그거나 머리를 자른다. 그것도 밤 11시가 넘은 시각에.

밤 11시에 자르는 머리도 답이 없기는 마찬가지지만, 밤 11시에 담그는 김치 역시 제대로 된 김치가 될 리 없다. 조증의 폭주기관차를 탄 나는 배추가 소금의 삼투압에 백기를 드는 인고의 시간을 견디지 못한다. 나는 2분 간격으로 배추를 뒤집어본다. 배추는 휘어지기는커녕 뚝뚝 부러진다. 어느 순간 나는 참지 못하고 나의 조증과 타협한다. 이 정도면 됐어(조증은 이성마저 마비시킨다). 나는 거의 생배추와 다름없는 배추에 양념을 묻히기 시작한다.

철저한 준비와 합당한 필요가 아닌, 불타오르는 열정으로 하는 일이기에 갑자기 재료가 없다는 사실을 깨달을 때도 부지기수다. 고춧가루를 꺼내다가 바닥에 쏟고, 그 뚜껑은 쥐도 새도 모르게 사라져버린다. 괜찮아. 일단 담그자. 그렇게 부엌은 고춧가루 폭탄을 맞은 꼴로 변하고, 내가 담근 김치는 아무리 관대하게 보아도 김치라고 할 수가 없다. 한두 번은 샐러드를 먹는 기분으로 먹다가 그냥 냉장고 속에 처박아두는데, 한 달쯤 지나 꺼내면 익은 건지 상한 건지 알 수 없는 상태다.

나의 조울증은 명백하게 외가 쪽의 유전이다. 외할머니가 나와 똑같았다. 외할머니의 상태는 둘 중 하나였다. 어두운 방에 웅크리고 앉아 신세를 한탄하거나, 구십이 가까운 나이에도 지팡이를 짚고 굳이 가지 않아도 좋을 곳까지 씩씩하게 걸어 다니거나.

누구에게나 핸디캡은 있는데, 그건 동전의 양면과도 같다. 인생에 하등의 도움이 안 될 때가 태반이지만 그래도 잘 구슬려 살아가는 법을 익혀야 한다. 유전인 이상 내가 이 조울증에서 벗어나기는 어렵다. 그래서 나는 급한 일,

반드시 해야 할 일, 초인적인 노력이 필요한 일은 조증의 시즌에 신속하게 처리한다. 이 시기에 나는 자신감에 차 있고 세상에는 못 할 일이 없어 보인다. 나는 행운아의 운명을 타고난 것만 같고 내 앞날은 고속도로를 넘어서 아우토반이다. 나는 미친 듯이 액셀을 밟는다. 천천히 달리는 차들을 획획 추월하고 한가로이 도로를 건너던 양 떼도 치면서. 이때 나는 집에서 자른 것이 명백한 단발과 상한 김치를 갖게 된다.

그러나 어쩔 수 없다. 그저 이때를 즐기는 수밖에. 이제 곧 울증의 시간이 올 테고, 머리는 자랄 테고, 김치는… 김치는 버려야 한다.

비행기가 무섭습니다

　30대가 되어 갑자기 비행공포증이 생겼다. 전에는 어땠었지? 기억나지 않는다. 당연하다. 공포증 같은 건 없었기 때문이다.

　이런 기억은 난다. 자고, 자고, 또 자던 기억. 하지만 기내식만 나오면 벌떡 일어나던 기억. 소화가 되건 말건 꾸역꾸역 네모난 포일 그릇을 바닥내던 기억. 그림을 그리고 영화를 보고 술을 마시며 지루해하던 기억. 그런 기억만 난다. 아무리 쥐어짜봐도 10킬로미터 상공에서 무서워 벌벌 떨던 기억은 없다.

　하지만 최근 몇 년간 비행기 타는 일이 스트레스가 될 정도로 힘들어졌다. 공항에서도 비행기 탈 생각을 하면 하나도 즐겁지가 않다. 얼마 전 인천에서 광저우로 가는 세 시간의 비행 때는 이러다 기절할 것 같다는 생각마저 들었다. 비행기는 자주 흔들렸고 창가에 앉은 나는 창문에 코를 박고 밖을 바라보면서 '여기서 떨어지면 어떤 느낌일까?' '비행기가 폭발할 때는 어떤 느낌일까?' '고통 없이 죽을 수 있을까?'라는 생각만 계속해서 했다. 비누거품처럼 희고 풍성한 구름을 계속해서 보고 있으려니 어느 순간 의식이 아득해지면서 눈앞도 캄캄해지는 것만 같았다.

　많고 많은 세상 사람들이 매일같이 세계 어딘가의 공항에서 비행기를 탄다. 하루에 비행기 추락 사고가 일어날 확률이 얼마나 될까? 뉴스에 나올 정도로 드문 일이다. 내가 출발한 공항을 떠올려보자. 그 공항에서 출발한 엄청나게 많은 비행기들이 대부분 무사히 목적지에 도착했다. 아마 지금껏 큰 사고는 단 한 번도 없었을 것이다. 나는 그런 사실들로 내 두려움을 잠재워보려고 애쓴다. 하지만 내가 탄 비행기가 첫 타자가 되지 않으리라는 보장이 없지 않은가!
　아아, 이럴 때는 나보다 훨씬 더 비행기를 많이 탈, 하지만 절대로 비행기 사고로 죽을 것 같지는 않은 사람들 생각을 하자. 유명한 영화배우였는데, 로버트 드 니로였는지 알 파치노였는지 하는 남자 중 하나일 것이다. 그는 한 인터뷰에서 타고 있던 비행기가 대서양 위에서 느닷없이 수직으로 100미터 정도 추락했다는 이야기를 했다. 기체 결함이었다. 다행히 비행기는 땅에 처박히지 않고 다시 제 고도를 찾았지만 그때는 정말 죽는 줄 알았다고 했다. 나 같으면 추락하는 순간에 심장마비로 죽었을 것이다.
　누군가는 공포증에 시달리는 나를 위로해준답시고 폴란드 대통령이 탄 비행기도 떨어졌다고, 죽을 사람은 죽는 거고 아닌 사람은 아닌 거라는 이야기를 해주었다. 아니, 그게 무슨 말인가? 조금도 위안이 되지 않는다. 그 사람이 죽었다면 나 같은 미물이 죽을 가능성은 더 큰 거 아닌가? 내가 가진 이상한 편견은 중요한 사람은 언제나 끝까지 살아남고 덜 중요한 사람은 언제나 가장 먼저 죽는다는 것이다. 마치 영화에서처럼.

다행히 비행기는 광저우에 무사히 착륙했다. 나는 이제 다시는 비행기를 못 탈 것 같다고 생각하면서 비틀비틀 공항에 내렸다. 집에 갈 때 또다시 비행기를 타야 한다는 생각만 해도 무서워 죽을 지경이었다. 비행공포증 때문에 유럽 밖으로는 나가지 않는다는 체코 작가 밀란 쿤데라가 떠올랐다.(정말이겠지, 밀란?) 나도 그래야만 하나? 이제부터는 배만 타야 하나? 나에게 배 공포증은 없을까?

공포증을 치료하는 방법은 공포의 대상에 익숙해지게 하는 것이라고 한다. 거미를 무서워하는 사람은 평생 거미를 피해 다니는 것이 아니라, 거미를 가까이에서 보고 만지는 것으로 공포증을 치료하는 것이다. 그러니 나 역시 앞으로도 계속 비행기를 타야 할 것이다. 구더기가 무서워 장을 못 담가서는 안 된다. 무엇보다 유럽에 한 번은 더 가보고 죽어야 할 것 같다. 내 나름의 치료법과 대처법을 찾아야 했다.

마인드컨트롤 같은 건 전혀 도움이 되지 않았다. '죽을 사람은 죽고 산 사람은 산다'거나 '어차피 내가 할 수 있는 일은 없다. 그러니 마음 편히 있자'는 말 따위는 소귀에 경 읽기였다. 생각할수록 화만 나는 말이었다. 내게는 좀 더 즉각적이고 현실적인, 손에 잡히는 방법이 필요했다. 일단은 집으로 돌아가는 게 가장 큰 문제였다.

친구는 창가에 앉지 말라는 조언을 해주었다. 그렇다. 나는 창문에 코를 박은 채 내가 구름 위를 떠서 날아다니고 있다는 이 비현실적인 상황에 몰입해 더더욱 큰 공포에 빠졌던 것 같다. 차라리 밖에서 일어나는 일들에 대해서는 아예 관심을 끄는 것이 낫겠다. 창문을 닫거나 아니면 통로 쪽에 앉아야겠다. 통로는 하늘보다는 사람들에 가까운 자리니까.

정신을 딴 데 팔 수 있도록 재미있는 영화나 드라마를 보라는 조언도 도움이 되었다. 다음 이야기가 궁금해 견딜 수 없는, 흥미롭고 따뜻하고 희망적인 이야기라면 좋다. 내가 좋아하는 영화 중에는 아무리 봐도 질리지 않고, 아무리 봐도 같은 장면에서 긴장하거나 짜릿함을 느끼게 되는 영화들이 있다. 완벽한 스토리텔링 덕분이다. 프랭크 다라본트의 〈쇼생크 탈출〉이나 로만 폴란스키의 〈피아니스트〉 같은 영화들. 이 세상 어딘가에 존재하는 희망에 대한 영화들. 나를 비행기 추락 사고에서 구원해줄 희망에 대한 영화들.

그래서 광저우에서 인천으로 돌아올 때 나는 우선 창문을 닫고, 영화를 보고(〈쇼생크 탈출〉이었다), 내 공포증에 관한 글을 쓰는 데 몰두했다. 여전히 기내식은 한 입밖에는 먹지 못했다. 기체가 흔들리는데도 기내식을 나눠주고 있는 승무원들을 보니 내가 다 기절할 것만 같았다. 하지만 떠날 때의 비행기보다는 덜 흔들려서인지 한결 견딜 만했다.

돌아와서 나는 왜 이런 공포증이 생겼는지에 대해 친구

와 이야기를 나눴다. 알고 보니 나 말고도 생각보다 많은 사람들이 나이가 들면서부터 전에는 느껴본 적 없는 비행 공포에 시달리고 있는 것 같았기 때문이다. 대체 내가 왜 이렇게 된 걸까? 우리가 왜 이렇게 된 걸까? 친구가 말했다.

"아마 이제는 나도 죽을 수 있다는 사실을 믿게 되어서가 아닐까."

그 말이 맞는 것 같다. 오래전의 나는 내가 죽을 수 있다는 사실을 믿지 않았다. 아마 어떤 일이 일어나도 나는, 나만은 안전하리라 믿었을 것이다. 다른 사람들이 다 죽어도 내가 죽을 리는 없다고, 철석같이 믿었을 리는 없지만 아무튼 마음속 깊은 곳에는 그런 믿음이 있었을 것이다. 그런데 그건 확신이 아니라 그저 오만이었다. 젊은이의 오만.

지금은 그 점에 있어서는 겸손해졌다. 나도 죽을 수 있구나. 나도 죽겠구나. 한 발짝 한 발짝 죽음을 향해 다가가고 있구나. 그런 걸 이제 안다. 내가 마흔이 되는 동안 내가 알거나 알지 못하는 무수히 많은 사람이 이 나이에 도달하지 못하고 죽었다. 그들이 덜 중요하거나 무얼 잘못해서가 아니라 그저 운이 없었기 때문이다. 언젠가는 내 운도 다할 날이 올 것이다. 그걸 이제 안다.

얼마 전 스티븐 킹의 소설집을 샀다. 이 소설집의 첫 소설은 비행기 안에서 일어난 이상한 일을 그린 「랭골리어」였는데, 그야말로 잡자마자 다 읽어버렸다. 읽는 내내 너무 긴장되어 어깨가 다 아플 지경이었다. 이 소설이 내 비행공포증을 더 악화시키지나 않을까 걱정이 되었지만 다행히 괜찮았다.

LA에서 보스턴으로 향하는 비행기 안에서 열 명 남짓한 사람들을 제외한 모든 사람이 사라진다. 기장도, 부기장도, 승무원도 사라져버렸다. 남은 이들은 잠들어 있던 승객들뿐이다. 다행히 그들 중에는 장례식에 참석하러 가느라 승객으로 탑승한 조종사가 한 명 있다. 생존자들은 이 남자에게 의지해 가까운 공항으로 착륙을 시도한다. 하지만 땅 위의 세계는 그들이 알던 세계와 똑같아 보이면서도 완전히 다른 곳이다.

생존자 중 한 소녀가 조종사에게 말한다.

"저 너무 무서워요."

그러자 기장은 이렇게 답한다.

"나도 무서워."

소녀는 그 말을 듣고 안심한 표정을 짓는다.

"다행이에요. 저만 무서운 게 아니라서."

스티븐 킹은 우리 안에 내재된 공포에 대해서, 광기를 품고서 우리의 티셔츠를 찢고 나올 준비를 하고 있는 공포에 대해서 쓰는 작가다. 그는 그 공포에 대항하는 법을 잘 알고 있다. 공포를 똑바로 바라보는 것. 그리고 그것을 고백하는 것. 황당무계하고 유치하고 어이없게 느껴질지라도, 내가 약해 빠진 사람이나 신경쇠약 환자처럼 보일까 걱정이 될지라도 우선은 그 공포를 인지하고 고백하는 것. 그리고 그 공포에 공감할, 함께 대항할 친구를 만드는 것. 그 것이다. 내가 이 어이없는 공포증을 낱낱이 고백하는 이유도 바로 그 때문이다.

다시 비행기를 탈 수 있을까. 여전히 긴장되고 무섭다. 하지만 출산의 고통을 금세 잊고 둘째를 임신하는 여자처럼(그게 나였다), 나는 또 우리 동네 위를 지나가는 비행기를 보며 가슴이 설레는 중이다. 어쨌든 유럽은 한 번 더 가야 하니까.

나의 철학의 길

　산책을 좋아한다. 일주일에 두세 번 달리기를 하는데, 달릴 수 없으면 산책을 더 자주, 길게 한다.

　달리려면 준비가 필요하다. 우선 운동복을 입어야 하고 러닝화도 신어야 한다. 배가 부르거나 배가 고프거나 감기 기운이 있거나 날씨가 너무 춥거나 또 너무 덥거나 하면 아무래도 달리지 않는 편이 낫다. 몸이 좋지 않을 때도 있고 허리가 아프거나 무릎이 쑤시거나 발목을 삐끗했을 때도 달릴 수 없다. 하지만 산책은 언제나 가벼운 마음으로 시작할 수 있다. 러닝화를 신지 않아도, 운동복을 입지 않아도, 때로 부슬비가 내려도. 그저 자리에서 일어나 밖으로 나가 걷기만 하면 되니까.

　나는 대개 이른 아침에 비슷한 코스로 산책을 한다. 우리 동네에는 커다란 시립 종합운동장이 있어 우선 그 주변을 따라 걷는다. 내가 걷는 길은 조용하다. 2차선 도로 위로는 차가 거의 다니지 않는다. 주변에는 오래된 주택들이 즐비

하고 나무가 우거져 있다. 새들도 많다. 가끔은 고양이가 느릿느릿 도로 위를 가로지르기도 한다.

걷다 보면 시립 수영장을 지나게 된다. 수영장 출입구 쪽으로 밭에서 뽑아온 채소며 토마토를 늘어놓고 파는 할머니들이 보인다. 수영 강습을 받고 나오는 주부들이 할머니들의 주요 고객이다. 나도 잘 다듬어놓은 고구마 줄기나 알타리무, 모양이 제각각이어도 신선해 보이는 토마토를 사고 싶지만 매번 지갑을 두고 와서 그럴 수가 없다. '다음번엔 꼭!'이라고 생각해도 산책할 때는 늘 지갑을 챙기지 못한다.

새벽 수영을 마친 부지런한 사람들이 젖은 머리에 상기된 표정으로 수영장을 빠져나온다. 이른 출근을 하는 사람들도 바쁘게 걸어간다. 아주머니들은 자기들끼리 인사를 한다.

"어디 가?"

"돈 벌러!"

"돈 많이 벌어!"

아주머니들은 그렇게 말하고는 깔깔대며 웃는다. 딱히 즐거울 리가 없을 텐데, 아주머니들은 즐거워 보인다.

수영장을 지나 삼림욕장 쪽으로 올라간다. 가는 길에는 찐빵집이 하나 있다. 가게 앞에 내건 커다란 찜솥에서 물이 끓고 아주머니는 매일 같은 자리에 앉아 찐빵을 빚는다. 창 너머 아주머니의 얼굴은 어쩐지 무섭고 야박해 보인다. 아주머니의 야박한 얼굴을 보니 1층에 있던 내 작업실의 통

유리창 너머로 나를 훔쳐보았을 동네 사람들의 마음을 알 것 같아 속이 뜨끔하다. 나도 저런 표정이었겠지. 웃으면서 일을 해야 했던 걸까. 그럴 수는 없다. 그건 자기기만이야.

아무튼 이 집은 찐빵도 맛이 없다. 나는 찐빵을 무척 좋아해서 맛있는 찐빵이었다면 아마 견디지 못하고 매일 세 개씩 사 먹었을 것이다. 그리고 나는 찐빵처럼 동글동글해졌겠지. 어쩌면 다행인지도 모른다. 나는 동글동글해지기엔 너무 크다.

산 아래 고요한 인라인스케이트 경기장에 도착해 트랙을 따라 한 바퀴를 돈다. 나무도 있고 잔디밭도 있어 종종 주말에 소풍을 나오는 장소다. 주변에 높은 건물이라고는 없어서 탁 트인 하늘을 볼 수 있다. 걷다 보면 청소를 하는 할머니가 활짝 웃으며 인사를 건넨다.

"안녕하세요!"

나도 인사를 한다. 어쩌면 교회에 다니시는지도 모르겠다. 종교의 도움 없이 낯선 사람을 반가워하기란 쉬운 일이 아니니까.

볕이 좋을 때는 트로트 음악을 크게 틀어놓고 벤치에 멍하니 앉아 있는 할아버지들을 볼 수도 있다. 이어폰을 끼고 싶지 않은 걸까, 아니면 과시욕일까. 의아해하면서 인라인 경기장을 빠져나오면 곧 중학교가 나오고 이른 등교를 하는 학생들과 마주친다. 나는 중학교야말로 아주 끔찍한 장소라고 생각하는데 아이들은 어떨까. 나는 그 아이들의 표정을 살핀다. 잘 모르겠다.

이제 집으로 돌아온다. 돌아오는 길에는 낮은 언덕을 올라야 한다. 언덕을 오르면서 '으흠, 오늘은 그것에 관해 생각했군' 하는 식으로 나름 산책의 결론도 내린다. 그 결론은 대부분 이런 것이다. '자기 자신에 대해서 너무 많이 생각하지 말자. 추잡하다.'

이렇게 산책을 하는 데 걸리는 시간이 30분 정도다. 산책하기 딱 적당한 시간이다. 그 이상 걸으면 고역이 될지도 모른다. 집에 돌아오면 대개 몸이 따뜻하게 달궈져 있다. 촉촉하게 땀이 나기도 한다.

딱히 건강해지기 위해 산책을 하는 것은 아니지만, 신선한 바람을 쐬면서 몸을 움직이는 것이 건강에 보탬이 되는 일이라면 나는 분명 건강을 위해 걷는 것이다. 걸으면서 나는 별의별 생각을 다 한다. 오만가지 쓸데없는 생각을 한다. 다이어트에 관해서도 생각하고 인간에 대해서도 생각한다. 책에 대해서도 생각하고 영화에 대해서도 생각하고 돈에 대해서도 생각한다. 예전에 있었던 일에 대해서도 생각하고 아이들에 대해서도 생각하고 남편에 대해서도 생각한다.

그렇게 생각하며 걷다 보면 내가 품은 문제들로부터 조금 멀어지는 기분이 든다. 앉아서 고민할 때는 문제들 속에 파묻혀 허우적대기 십상이지만, 걸을 때는 다르다. 걸으면서는 문제들에 거리를 둘 수 있다. 이제 그 일들은 그렇게까지 심각하거나 화를 내야 하거나 두려운 일이 아니다. 어쩌면 걸으면서 나는 나 자신의 중심으로부터 걸어나

가고 있는지도 모른다.

　교토에는 '철학의 길'이 있다. 오래전 이 도시에 살던 유
명한 철학자가 종종 걸으며 생각에 잠기던 길이라고 한다.
나는 이 길을 너무나 좋아해서 교토에 갈 때마다 매번 들른
다. 포석이 깔린 산책로를 따라 나무들이 울창하고, 돌로
담을 쌓아 만든 아름답고 좁은 수로가 길게 이어진다. 걷
다 보면 군데군데 교토의 유명한 사찰들이 자리하고 있다.
주변으로는 고풍스러운 주택들, 평범한 주택들이 늘어서
있다. 주택들을 구경하는 재미도 쏠쏠하다. 관광객들이 간
혹 보이기는 하지만 대개 고요하다. 가끔은 무서울 정도로
사람이 없는 코스도 있다. 홀로 걷고 있는 관광객을 본 적
은 있지만 동네 아주머니가 슬리퍼라도 끌면서 홀로 걷고
있는 모습은 한 번도 본 적이 없다. 이런 곳에 사는 사람은
이런 풍경이 너무 당연해서 도리어 산책 같은 건 하고 싶
지 않게 되는지도 모른다. 이놈의 철학의 길, 지긋지긋해!
　하지만 나는 그 동네에 살고 싶다. 매일 철학의 길을 산
책할 수 있다면 참 좋겠다. 나는 슬리퍼를 끌고서라도 열
심히 산책을 할 위인이다. 그런다고 내가 철학자가 될 리
는 없겠지만 그래도 그러고 싶다. 그런 생각을 하던 와중
에 문득 이런 생각이 든다.
　'나는 지금 철학의 길을 걷고 있어. 이건 우리 동네에 있
는 나만의 철학의 길인 거야.'
　갑자기 웃음이 난다. 애초에 그 유명한 철학자도 그 길이
철학의 길이라서 걷지는 않았을 것이다. 그가 걷다 보니 철

무뎌지지 않는 섬세서

140

학의 길이 된 것뿐이다.

그렇게 생각하니 나의 산책로가 다시 보인다. 집을 나와 버스 정류장을 지나 언덕을 넘고 주택가를 구불구불 지나 경기장의 트랙을 한 바퀴 돌고 다시 집으로. 그 길을 걸으면서 나는, 철학자도 아닌 나는, 딱히 철학을 하는 것도 아니면서 세상의 여러 가지 것들을 생각한다. 딱히 즐거울 리가 없는데 딱히 즐겁다.

귀여운 그리마, 지혜로운 거미

우리 집에는 벌레가 많다. 돈벌레라고도 불리는, 다리가 많이 달린 그리마라는 이름의 징그러운 벌레가 특히 많다. 밤에 간지러워 일어났다가 몸 위에 붙어 있는 놈을 발견할 때도 있다. 그러면 툭 털어버리고 다시 잔다. 다행히 우리 가족은 벌레를 아주 많이 싫어하지는 않는다. 물론 좋아한다는 이야기는 아니다. 싫다. 하지만 벌레 한 마리가 나타났다고 난리법석을 떨지는 않는다. 바로 지금 이 순간에도 벽을 기어다니는 그리마가 보인다. 싫다. 하지만 잡을 생각은 없다. 뭐야, 불교 신자도 아니면서.

벌레를 잡지 않는 이유는 벌레가 너무 많기 때문이다. 그런데 일일이 신경을 쓰다가는 이렇게 낡은 집을 전전하면서 살지 못한다. 바퀴벌레만 없으면 감사하다는 마음으로 살고 있다. 바퀴벌레는 나쁜 벌레니까(그리고 생김새도 유달리 기분 나쁘니까) 우선 박멸 대상이다. 바퀴벌레약을 여기저기 붙이고, 보이는 즉시 사살한다.

대학 시절 친구들과 함께 살던 자취방은 반지하도 아닌

완전한 지하방이었다. 자다 보면 머리맡에서 바퀴벌레 기어가는 소리가 들렸고 밥을 푸려고 전기밥솥을 열면 그 안에서 바퀴벌레가 기어나왔다. (그래도 그 밥을 먹었다.) 정말 끔찍한 집이었다. 하지만 술 마시느라 돈이 다 떨어져 바퀴벌레약 살 돈이 없었다. 한심했다.

바퀴벌레는 정말 싫다. 하지만 그 외의 벌레들에게는 관대한 편이다.

우리가 집을 고를 때의 첫 번째 기준은 '볕이 잘 드는 집인가, 아닌가'이다. 토굴처럼 어두운 집에서 선사시대 혈거인처럼 7년을 살았기 때문이다. 어떤 사람은 '벌레가 있는가, 아닌가'가 가장 중요한 기준이라고 했다. 사람마다 원하는 게 다르다. 우리는 웬만한 벌레는 참을 수 있다. 하지만 어두운 집은 참을 수 없다.

이탈리아 작가 이탈로 칼비노의 단편소설 중에는 시골의 한 농가 주택에 이사 온 젊은 부부가 개미 때문에 자지도, 먹지도 못하고 괴로워하는 이야기가 있다. 부부는 곧 동네 전체가 개미 떼에 점령당했다는 사실을 알게 된다. 사람들은 각자의 방식으로 개미를 퇴치하려 기를 쓰지만 역부족이다. 부부에게 집을 빌려준 부인이 사는 집은 한낮에도 빛이 들어오지 않아 어두컴컴하다. 개미가 있다는 사실을 잊기 위해 집을 어둡게 해두는 것이다. 읽는 내내 개미가 몸 어딘가를 기어다니는 느낌이 드는, 끔찍한 이야기였다.

우리의 토굴 같던 옛집에도 개미가 많았다. 아니, 아예 집 안에 개미집과 개미굴이 몇 개나 있었다. 죽여도 죽여도 개미는 벽을 뚫고 나왔다. 아이들이 식탁 밑에 과자 부스러기라도 흘렸다 치면 바닥이 새까맣게 개미 떼로 뒤덮일 정도였다. 한번은 자는 동안 개미에게 머리와 목덜미, 등을 잔뜩 물렸는데, 태어나서 그렇게 가려운 적도 처음이었고 가려워서 운 적도 처음이었다. 며칠 동안 긁다 못해 눈물을 뚝뚝 흘리고 앉아 있자 딸이 부엌에 가서 소금물을 만들어 오더니 물린 곳에 바르며 위로해주었다. "엄마, 개미한테 물린 데에는 소금물이 좋대." 나보다 나은 딸이다. 나보다 나은 사람이 될 것이다.

아무튼 개미는 밉다.

갑자기 이런 생각이 든다. 개미가 보이는 환한 집이 나을까, 개미가 보이지 않는 어두운 집이 나을까?

벌레를 좋아하지 않는다. 아니, 싫어한다. 하지만 천장에 그리마가 달라붙어 있어도 대수롭지 않게 넘긴다. 거미줄은 웬만해서는 없애지 않는다. 나의 작은 미신인데, 거미를 죽이면 안 된다고 생각한다. 불운을 불러올지도 모른다. 가만 보면 그리마도 귀여운 구석이 있다. 다리가 많이 달렸는데도 어쩐지 교활하기보다는 멍청해 보인다. 반대로 거미는 지혜로워 보인다. 나보다 더 많은 걸 알고 있을 것 같다. 집게벌레는 다소 사랑스럽다. 착할 것 같다. 개미는 불쌍하다. 평생 개미처럼 살다 개미처럼 죽을 테니까. 저 벌레들도 생각이란 걸 한다면 나를 보며 무슨 생각을 할까.

결점 없는 세상

내 몸에는 약간 큰 점이 서너 개 정도 있다. 크다고 해봤자 콩보다 좀 작은 크기다. 수박씨 정도라고 하면 될까. 하나는 목에 있고 다른 하나는 가슴 위쪽에, 옆구리 쪽에도 하나가 있다. 빼기에는 애매하고 빼지 않자니 애매하게 눈에 띈다. 나는 매년 여름이 올 때마다 이 점을 빼야 하나 말아야 하나를 심각하게 고민한다. 나야 내 점들을 매일 쳐다보고 있는 게 아니니까 평소에는 신경을 쓰지 않지만, 가끔 사진에 찍힌 내 모습을 보면 점이 너무 커 보인다. '도대체 왜 이런 곳에 점이 있는 거야!'라는 생각이 든다. 빼버릴까? 빼버리면 그만이다. 하지만 매년 고민만 하고 있다.

실은 10년쯤 전에 점을 빼려고 피부과에 간 적이 있다. 내가 옷을 끌어내려 가슴 위의 점을, 아니 점들을 보여주자 피부과 코디네이터는 못 볼 것이라도 본 것처럼 경악하면서 말했다. "이건 점이 아니라 종양 수준이네요!"

네… 하지만 그 점은 제가 태어날 때부터 있던 점이랍니다. 아무튼 이 정도 크기의 점은 하나 빼는 데 5만 원이라

146

고 했다. 그럼 네 개를 빼면 총 20만 원! 나도 마찬가지로 경악했다. 잠시 고민하다가 나는 말했다.

"그럼… 하나만 빼주세요."

그날 나는 가슴 위에 있는 가장 큰 점만 빼고 집으로 돌아왔다. 네 개의 점이 세 개로 줄어들면 인생이 좀 가벼워질 줄 알았는데 이후 내 인생은 악화일로를 걸었다. 점의 저주다.

그 후로도 고민은 계속되었다. 특히 겨우내 입던 목이 높은 터틀넥 스웨터를 벗는 봄이 되면 점이 거기에 있다는 사실을 깨닫고 당황한다. 몰랐던 카드빚이나 냉장고 야채 칸의 호물호물한 양상추를 발견한 것 같은 기분이다. 이런 게 내 몸에 있었구나. 이걸 어쩌지? 식은땀이 난다. 하지만 여름이 올 즈음이면 점이 거기에 있다는 것에 익숙해지고, 그러다 보면 가을까지 흐지부지 넘어갔다가, 다시 겨울이 오면 터틀넥 스웨터를 입는다. 그러다 봄이 되면 또 당황하는 일의 연속. 이것이 내 인생일까.

예전에 홍콩으로 여행을 갔다가 한 쇼핑몰에 있는 자라(ZARA) 매장의 점원이 얼굴에 커다란, 내 점 따위는 갖다 댈 수도 없을 정도로 커다란 점을 달고 있는 것을 보았다. 나는 깜짝 놀랐는데, 한국의 서비스직 종사자 중에서 저런 점을 달고 일하는 사람은 본 적이 없었기 때문이다.

어쩌면 우리는 결점이나 흠에 너무 가혹한 것이 아닐까. TV 속 여자 연예인들의 얼굴을 보고 있으면 종종 소름이 끼친다. 무결점, 광채 피부가 얼마나 무서운 것인지 나는 그 여자들을 보면서 깨닫는다. 남의 집에서 청소와 설거지를 하며 가난하게 사는 (설정의) 아주머니도 무결점, 광채 피부다. 치아는 방금 미백을 받고 온 듯 하얗다. 성형, 보톡스, 필러, 리프팅은 말할 것도 없다. 가난한 백수, 취준생이라는데 피부는 한 겹을 벗겨낸 것만 같고 매일 아침 미용실에 들러야만 나올 것 같은 머리 모양을 하고 있다(뿌리 염색도 완벽하다). 정말 무섭다.

내가 좋아하는 네이버 연예뉴스를 가장 많이 장식하는 제목도 '완벽한 피부' '완벽한 몸매' '완벽한 뒤태' '완벽한 기럭지' 같은 것들이다. 전 국민이 단체로 외모 콤플렉스에라도 시달리고 있는 것 같다. 몰라보게 후덕해졌다는 사진 속 여자 연예인은 내가 보기에는 여전히 정상보다는 말랐다(하지만 나는 남의 불행을 몰래 기뻐하는 여자처럼 즐거워하고 있다). 아이를 낳은 여자 연예인의 사진에 '애 엄마 맞아?'라는 제목을 달다니, 지금이 1980년대인가? 애 엄마는 죄다 빠마머리에 툭 튀어나온 배를 하고 고무줄 바지만 입어야 하는 건가? 저런 제목을 다는 사람이 누구인지 그 얼굴이 궁금하다.

가끔 외국 영화 속 여배우들의 얼굴에 진 자글자글한 주름이나 주근깨, 다크서클, 사마귀, 비뚤어진 코, 튀어나온 턱, 팔뚝이나 배 위의 군살 같은 걸 볼 때면 깜짝 놀란다. 아아, 저래도 되는구나. 저런 얼굴과 몸매로도 카메라에 찍혀도 되는구나. 그러게. 왜 안 되는 걸까.

타인의 눈에 내가 어떻게 비칠지 너무 신경을 쓰는 것도, 너무 신경을 쓰지 않는 것도 별로다. 다른 사람의 외모와 차림새를 지나치게 지적하는 사람은 자기 자신에게도 그렇게 할까. 얼굴을 고치고 고치고 또 고치는 사람이 정말로 고치고 싶은 건 얼굴일까, 아니면 다른 것일까.

점, 점 얘기로 돌아가자. 내가 점을 빼기를 꺼리는 이유는 점을 뺐다가 그나마 없던 운까지 날아갈까 두렵기 때문이다. 혹부리 영감의 혹처럼. 혹 떼려다 혹 단다는 옛말처럼. 그런데 이렇게 말도 안 되는 이유까지 대면서 고민만 한다는 건 실은, 점을 뺄 마음이 딱히 없다는 뜻이다. 나는 나를 잘 안다.

결점 없는 세상에서 결점을 가진 존재로 당당히 살아가는 사람이 되어야 할지, 내가 너무 오버하는 건 아닌지에 대해서 고민 중이다. 그래서 나는 기다린다. 기다리다 보면 어느 순간 더 이상 참지 못하고 벌떡 일어나 병원으로 달려가는 날이 온다. 때가 되면 내가 다 알아서 할 것이다. 그런 걸 나는 안다.

단호한 문장, 모호한 마음

선을 긋는 문제에 대해 존 버거가 쓴 유명한 문장이 있다.

"인생이라는 건 본질적으로 선을 긋는 문제이고, 선을 어디에 그
을 것인지는 각자가 정해야 해."

— 존 버거, 『여기, 우리가 만나는 곳』 중에서

아주 오래전부터 많은 이들이 이 문장을 인용했다. 나
도 이 문장이 멋지다고 생각했다. 단호한 문장은 얼마나
근사한가.

그러나 또, 그 문장의 단호함 속에는 무언가 내 신경을
긁는 면이 있었다. 어어, 그렇게 단호할 필요는 없지 않아?
인생은 본질적으로 선을 긋는 문제야? 정말 그런 거야?

내가 보기에 서양에 존 버거가 있다면 동양에는 장쉰이
있다. 장쉰이 쓴 『앙코르 인문기행』이라는 책을 읽으며 나
는 경계 없는 삶에 대해 생각한다. 경계를 짓거나, 경계를

넘는 것이 아니라, 경계를 지워버리는 삶. 이쪽도 아니고 저쪽도 아닌 삶. 있는 것도 아니고 없는 것도 아닌 삶. 있기도 하고 없기도 한 삶. 그 세계에서 선과 악은 명확히 구분되지 않고 서로의 무게를 맞추며 세계의 균형을 잡기 위해 노력한다.

그 모호함은 내가 어릴 적부터 숱하게 듣고 보고 겪은 것들이다. 농사짓는 게 끔찍해서 도시의 불야성을 향해 야반도주하는 시골 처녀총각처럼, 나도 그 고리타분하고 구닥다리 같은, 이것도 아니고 저것도 아닌, 숨 막히는 모호함 속에서 달아나고 싶었다. 확실하고 분명한 곳으로. 선만 그으면 그만인 곳으로.

그러나 아무리 달아나도 제자리다. 나는 그곳에 돌아와 있다. 이것도 아니고 저것도 아닌, 선을 긋는 것으로는 아무것도 해결되지 않는 그 모호한 자리에.

대학 1학년 때 선배들이 시켜서 한 교수를 몰아내는 시위에 뭣도 모르고 참여했다. 선배들은 웃으며, 때로는 진지하게 구호를 외쳤다. 안 가면 안 될 것 같아서 자리에 앉아는 있었는데, 노래도 부르고 율동도 해야 해서 정말 싫었다. 어릴 때 그렇게 싫어하던 운동회에 앉아 있는 기분이었다. 어느 순간부터 나는 슬슬 시위에 빠지기 시작했다.

3학년쯤 되어 알고 보니, 그 시위는 교수들 간의 알력 다툼에 학생들이 조종당한 결과였다. 허 참. 웃음이 다 나왔다. 그때부터 정의로운 사람들을 잘 안 믿는다. 자기 입으로 정의를 추구하고 있다고 말하는 사람을 믿지 않는다. 정의로운 사람은 그냥 딱 보면 정의로운 법이다. 정의 어쩌고 하는 소리를 하고 다니지 않아도.

너무 빠른 의견을 경계해야 한다. 의견 같은 건 손바닥 뒤집듯이 뒤집어버릴 수 있다. 자신에게 지극히 당연한 일, 굳이 말로 설명할 필요도 없는 일, 그냥 자신이 그것 자체인 일에 대해서 사람들은 이야기하지 않는다. 당연하니까.

그러니 만약 어떤 사람이 어떤 일에 대해서 너무 많이 이야기한다면, 어떤 주장을 너무 강하게 펼친다면, 그 사람은 정말로 그렇게 생각하는 것이 아니라 그렇게 생각하기 위해 노력하고 있는 것인지도 모른다. 그러니까 남의 말을 곧이곧대로 믿어서는 안 된다.

남을 의심하면서 사는 것도 피곤한 일이긴 하지만.

'인생은 ○○이다' 같은 말은 도무지 부끄러워서 못 하겠다. 그런 말을 쉽게 할 수 있다면 지금보다 더 잘 살았을지도 모르는데, 그런 말을 정말 못 하겠다. 인생이 뭔지는 아무도 모른다. 그렇지 않은가? 백만 번 다시 태어난 고양이가 아니고서야 그런 건 알 수 없는 것이다. 아니, 백만 번 다시 태어나도 그런 건 모른다.

그래도 술에 술 탄 듯 물에 물 탄 듯 살 수는 없다. 단호함과 모호함에 대해서 생각하면 이 말이 떠오른다. 미야자키 하야오의 애니메이션 〈벼랑 위의 포뇨〉에서 포뇨가 엄마에 대해 하는 말. "우리 엄마는 정말 좋아요. 그런데 정말 무서워요."

정말 좋지만 정말 무서운 사람. 그런 사람이 되는 일에 대해서 자주 생각한다.

무리하지 않는 선에서

5길

세상에서 가장 귀한 것

생활의 용기

이릴 내부터 생활의 지혜를 좋아했다. 이를테면 가계부나 신문의 한 귀퉁이에 있는 상한 달걀 구별법, 건전지 오래 쓰는 법, 잘 열리지 않는 병뚜껑 여는 법, 미지근한 맥주를 빨리 시원하게 만드는 법 따위의 정보를 광적으로 좋아했다. 엄마가 어디서 새 가계부를 받아오면(대체 그런 건 어디서 받아오는 거지?) 나는 일단 생활의 지혜부터 찾아서 모조리 읽어버렸다. 심심할 때면 지난 가계부도 뒤져서 읽었다. 자라서는 월간지를 매달 그런 기분으로 읽었고, 도서관에서 그런 류의 책들도 많이 빌려 읽었다.

그것들은 내게 사는 법을 알려주었다. 깃털 이불은 햇볕이 아니라 그늘에서 통풍만 잘 되게 해서 말리면 된다는 것, 베이킹소다와 식초만 있으면 웬만한 더러움은 다 제거할 수 있다는 것, 스테인리스 냄비는 약한 불에서 천천히 가열해야 타지 않는다는 것, 목욕을 마친 후 수증기로 가득 찬 욕실에 셔츠를 널어두면 저절로 구김이 펴진다는 것. 그런 시시콜콜하고 자질구레한 일들.

그런 말들도 좋아한다. 그런 말을 하는 사람들을 다 좋아하는 것은 아니지만, 그 사람들이 하는 말은 좋아한다. 이를테면 이런 말들.

"나무접시는 물에 담가두면 안 되는 거 아닌가?"

"저는 베개커버를 일곱 장 사두고 매일 한 장씩 갈아서 씁니다. 왜 그러면 안 되는 거죠?" (그렇지. 왜 그러면 안 되는 거지?)

"너는 왜 새 용기에 붙은 스티커를 떼지 않니?"

"찬 공기는 아래로, 더운 공기는 위로."

"저녁에 샤워를 하고 머리를 감으면 아침에 머리를 감아야 하나, 말아야 하나 고민하지 않아도 돼요."

"나는 세탁기 뚜껑은 무조건 열어둬. 그래야 곰팡이가 슬지 않으니까."

들을 때는 대수롭지 않게 듣는데 이상하게도 잊히지 않는 말들이다. 비슷한 상황이 닥칠 때마다 그 사람의 목소리, 말투가 환청처럼 들려온다. 그래서 나는 물에서 나무그릇을 건져내고 새 용기에 붙은 스티커를 떼어내고 베개커버를 갈 수 있다. 이 말들이 없었다면 나는 무엇에 의지해 살았을까. 나는 이 말들을 지팡이처럼 짚고서 걷는다.

어떤 사람들은 같은 말을 하고 또 한다. 내 남편 같은 사람이 그렇다. 남편이 자주 하는 말이 있다. 나는 했던 말을 하고 또 하는 사람을 잘 참지 못하는데, 그 말을 할 때의 남편은 확신으로 가득 차 보이고 또 신이 난 것 같아 보이기도 해서 나까지 덩달아 신이 나서 듣는다. 그것은 좋아하는 책을 여러 번 읽고서 같은 문장에 또 줄을 긋고 싶어지거나, 좋아하는 영화를 여러 번 보고서 이미 다 알고 있는 다음 장면을 기대하는 느낌이나 마찬가지다. 남편은 그 말을 마음속 어딘가에 소중히 보관해두었나보다.

그런데 아무리 기억을 더듬어봐도 남편이 했던 말이 무엇인지 떠오르지 않는다. 나는 그 말을 듣자마자 이 글을 써야지, 하고 생각했는데 말이다. 기억이 안 나니 속이 자꾸 가렵다.

20대 중반쯤에 나는 경미한 공황장애를 앓았던 것 같다. 공황장애가 무엇인지도 몰랐기 때문에 그것이 공황장애인지도 몰랐다. 어느 날 갑자기 전봇대가 무너지고 건물이 쓰러질까 무서워서 퇴근을 할 수가 없는 식이었다. 그 공황장애는 갑자기 와서 갑자기 사라졌고, 아이들이 어릴 때 다시 나타났다. 아이들에게 끔찍한 일이 벌어지는 상상을 하면 지하철 안에서건, 새벽 3시이건 정신을 차리지 못하는 것이다.

그럴 때 나는 생활의 지혜를 넘어 극한 상황에서의 생존법 같은 데 몰두했다. 조난을 당했을 때는 어떻게 해야 하나? 지진이 났을 때는 어떻게 해야 하나? 물에 빠지면 어떻게 해야 하나? 불이 나면 어떻게 해야 하나? 팔이 부러지면 어떻게 해야 하나? 지하철 플랫폼에서 누가 나를 떠밀면 어떻게 해야 하나?

그런 말을 할 때, 생활의 지혜에 대해서, 삶의 지극히 사소한 부분을 헤쳐나가는 법에 대해서 이야기할 때 사람은 유능해지는 것 같다. 아니, 정확히 말하자면 스스로 유능하다고 느끼는 것 같다. 그건 어린 시절 교실 한구석에 앉아 있을 때 간절히 원했던 그 느낌이다. 엄마가 없는 집을 청소하고 설거지에 빨래까지 해놓던 유별난 날에 원했던 바로 그 느낌이기도 하다.

그 말들은 딸이 어릴 때 양손에 꼭 쥐고 다니던 양말들 같다. 딸은 한 살도 되기 전부터 어린이집에 다녔는데, 어린이집에 갈 때마다 자기가 신던 양말을 양손에 한 짝씩 쥐고 나서야 집을 나섰다. 돌아올 때 그 양말들은 대개 가방 속에 들어 있었다. 아마 딸로서는 엄마와 떨어질 때마다 꼭 그만큼의 용기가 필요했을 것이다.

다 자란 우리에게도 그런 용기가 필요하다. 결국 지혜는 용기의 다른 말인지도 모른다.

요가 선생님의 마음

전에 쓴 책에서 나는 요가라는 운동을 찬양한 적이 있다. 그 글 덕분에 전국의 요가원들이 문전성시를 이루고 전 국민의 50퍼센트 정도가 요가 수련에 돌입했다면 요가협회로부터 감사패라도 받았겠지만, 그런 일은 일어나지 않았다. 심지어 나는 더 이상 요가를 하지도 않는다. 8년 가까이 하다가 어느 날 갑자기 그만둬버렸다. 8년을 함께한 선생님을 배신하는 것 같아 몇 달을 망설였지만 나는 늘 오래 망설이는 대신 결정은 신속하게 하는 편이다. (뭐가 신속하다는 건지 모르겠지만.) 일단 한 번 결정한 일에 대해서는 뒤도 잘 돌아보지 않는다. 어떤 면에서 지나치게 단순해서 그렇다.

8년을 함께한 나의 요가 선생님은… 뭐라고 표현해야 할까, 조금 독특한 사람이었다. 40대 중후반의 여성으로 결혼은 하지 않은 것 같았다. 요가를 오래 한 사람치고는 늘 긴장한 얼굴이기도 했다. 새로운 사람을 만나는 일이 편해 보이지 않았다. 누군가 선을 넘지는 않을까 경계하는 것 같기도 했다. 오랫동안 요가 강사로 일하면서 이런저런 일로 상처를 많이 받았는지도 모른다.

선생님은 수업 때마다 1990년대의, 묽디묽은 헤이즐넛 향 커피나 파르페가 나오고 테이블마다 전화기가 한 대씩 놓여 있던 그런 카페에서나 흘러나올 듯한 경음악을 틀었다. 그 음악에 맞춰 우리는 열심히 몸을 늘리고 꺾고 틀고 굴렸다.

한때 수업이 끝날 때마다 선생님이 하던 의식 같은 것이 있었다. 선생님은 "행복해서 웃는 것이 아니라 웃으니까 행복해지는 거랍니다. 쑥스러워도, 민망해도 크게 웃어봅시다!"라고 말한 후 박수를 치며 큰 소리로 웃자고 했다. 하하하하하하! 그렇게 할 때 우리 중 선생님이 가장 쑥스럽고 민망해 보였다. 어느 순간 선생님은 도저히 견딜 수 없었는지 그 의식을 그만두어버렸다.

하지만 선생님에게는 재능이 있었다. 그 재능은 근면성 실함이었다. 선생님은 8년 동안 단 한 번도 수업을 펑크 내지 않았다. 늦은 적도 없다. 선생님은 늘 그 시간에 그 자리에 있었다. 대단한 사람이다. 딱 한 번 몸살에 걸린 적이 있는데 그날은 쓰러질 것 같은 표정으로 수업을 했다.

선생님은 종종 우리에게 어제 TV에서 본 사람들에 대한 이야기를 해주었다. 〈세상에 이런 일이〉나 〈생로병사의 비밀〉에 나온 불운하고 딱한 사람들에 관한 이야기를. 그러고 나서 선생님은 활짝 웃으며 "우리에게는 그런 일이 일어나지 않았으니 얼마나 다행이에요! 그러니까 행복하게 삽

시다!"라며 수업을 마무리했다. 박수를 치며 크게 웃자고
할 때도 있었다. 그럴 때마다 나는 당황했다.

　선생님의 목소리는 가끔 본래 가진 목소리보다 세 옥타
브쯤 높아졌는데, 거기에 약간의 상스러움을 더해 수다스
러운 아주머니의 말투로 이야기하고는 속으로 안심하는
것 같았다. 아마도 남과 다른 것이 불안한 모양이었다. 그
런 선생님에게서는 순간순간 중년의 여자 안에 숨은, 이
러지도 저러지도 못하는 소녀가 보였다. 바로 그래서 나
는 선생님을 싫어하지 못했다. 나처럼 사소한 이유로도 누
군가를 쉽게 싫어할 수 있는 사람이 8년 동안 착실하게 수
업에 나갔다.

　내가 요가 수업을 그만둔 이유는 수업이나 선생님에 무
슨 불만이 있어서가 아니라 허리가 아팠기 때문이다. 허리
가 아픈 인생은 여러 가지로 울적한 인생이다. 무거운 것
을 번쩍번쩍 들지도, 허리를 유연하게 굽혀 무언가를 줍지
도 못한다. 가끔은 기침을 하는 것만으로도 지축이 흔들리
는 듯 괴롭다. 뭘 해도 허리에 무리가 갈까 움츠러들게 된
다. 몸이 정신을 지배하는 것이다.

　지속적으로 허리가 아파 생각해보니 요가 동작 중 허리
에 무리가 가는 것들이 꽤 있는 것 같았다. 선생님도 그런
동작은 절대 하지 말라고 당부하지만 그걸 안 하려면 누워
만 있어야 한다. 심지어 뭐든 잘, 제대로 하고 싶어 하는 나
의 타고난 경쟁 심리나 성취욕구도 한몫한 것 같았다. 그래
서 나는 한 달 정도 수업을 쉬어보기로 했다. 요가를 그만

두었다고 허리가 다시 좋아지지는 않았지만 그래도 더 나빠지지는 않는 느낌이 들었다.

하지만 다시 요가를 하고 싶다. 내가 나를 마사지하는 것 같은 그 시원한 기분을 다시 맛보고 싶다. 한 시간 동안 강의실 안에 갇혀 그저 시키는 대로 요가만 하고 싶다. 스마트폰을 들여다볼 수도, 잡생각에 빠져 있을 수도 없이 요가만 하고 싶다.

또 선생님의 수업을 듣게 될까. 잘 모르겠다. 그 끔찍한 경음악에 맞춰 요가를 해야 하다니, 그 불안한 사람과 함께. 하지만 나는 요가 선생님에게 정이 들었다. 자신감 없고 울적하고 비관적이지만 필사적으로 그 사실을 감춰보려는 선생님에게.

선생님이 자기 자신의 모습으로 살 수 있다면 참 좋을 것이다. 하지만 그게 말처럼 쉬운 일이겠는가. 요가가 마음을 갈고닦는 데 도움이 된다면 선생님의 마음에는 얼마나 도움이 되었을까.

얼마 전 지하철역 근처에 볼일이 있어 나갔다가 횡단보도에서 낯익은 얼굴과 마주쳤다. 바로 요가 선생님이었다. 나도 모르게 반가워서 활짝 웃으며 "안녕하세요!" 하고 인사를 했다. 선생님은 나를 보더니 당혹스러운 표정을 지으며 멀어져갔다.

이럴 수가. 선생님은 나를 기억하지 못하는 것이다. 8년이나 함께 수업을 했는데도.

덴마크와 자전거

도서관의 신착 도서 서가를 둘러보는 일은 나의 크나큰 기쁨 중 하나다. 아직 누구의 손도 닿지 않은 새 책들의 반질반질하고 빳빳한 아름다움이란!

나는 그중에서 『덴마크 사람들처럼』이라는 책을 골랐다. 그리고 누가(특히 내 쪽을 향해 앉아 있는 안경 쓴 젊은 남자가) 책 제목을 보지 못하도록 잽싸게 가렸다. 아직도 이런 책을 읽고 있다는 사실이 부끄럽기 때문이다. 북유럽에 환상을 품은 여자, 때때로 한국이 숨 막힐 것 같아 떠나고 싶은 여자, 북유럽 인테리어를 동경하는 여자처럼 보이고 싶지 않기 때문이다. 그런 여자는 너무 뻔하게 느껴진다. 하품이 난다. 왠지 비웃어주고 싶어진다. 하지만 사실 나는 그런 여자다.

이 책은 덴마크 출신으로 프랑스에 거주하는 저자가 자신이 나고 자란 나라가 얼마나 괜찮은 공동체인지를 자랑하듯 쓴 책이다. 스스로도 좀 찔렸는지 온갖 통계를 갖다

붙였건만 나는 통계를 잘 믿지 않는다. 특히 '당신은 행복하십니까?'라는 질문에 83퍼센트의 사람들이 그렇다고 답했다. 식의 통계라면 더욱 그렇다. 나는 행복은 꽤 비밀스러운 감정이라고 생각한다. 알지도 못하는 이들에게 그런 걸 자랑하다니, 너무 가벼운 거 아닌가. 만약 길에서 만난 낯선 사람이 나에게 다짜고짜 행복하냐고 묻는다면 나는 뭐라고 답할까? 아마 "행복하지도 불행하지도 않다"고 답할 것이다. 사실 그게 보통 아닐까.

행복은 순간적인 감정이다. 행복은 늘 KTX만큼이나 빠르게 우리를 스쳐지나간다. 하지만 불행은 그보다 더 오래 머문다. 만일 행복이 삶의 목표인 사람이 있다면 그 사람은 대단한 야심가일 것이다. 그보다는 불행만 피해도 다행이라는 자세로 살아가는 것이 소박하고 현실성 있다.

여하튼 이 책은 그냥저냥 남들은 어떻게 사나 궁금한 나 같은 사람에게는 시간 때우기 적절한 책이다. 더 이상 유교 사회가 아닌 우리의 문화에도 유교 사상이 뿌리 깊이 박혀 있듯이, 더는 교회에 나가지 않는 덴마크 사람들에게도 기독교적 삶의 방식은 자연스러운 것이다. 그리하여 이들은 가장 개인적이면서도 가장 공동체적인 사회를 구성하게 되었다. 오후 네다섯 시만 되면 퇴근하는 자전거 행렬로 거리가 가득 차고, 가족과 함께 식사를 한 후 집에서 여유로운 저녁 시간을 보내는 것이 당연한 이들의 문화에 대한 글을 읽다 보니 내 어린 시절의 풍경이 떠올랐다.

사실 나는 '가정에 소홀한 아버지'가 어떤 사람인지 잘 모른다. 나는 군인 도시에서 자랐는데, 새 학년이 될 때마다 실시하는 '아버지 직업 조사'라는 것에서 한 반 아이들의 98퍼센트가 아버지의 직업으로 '해군'을 꼽는 그런 곳이었다. 나머지 2퍼센트는 장사를 하거나 회사에 다니는 아버지들이었고, 나는 장사를 하거나 회사에 다니는 아버지들은 대체 어떤 사람들일지 상상조차 할 수 없었다.

아빠는 군복을 입고 자전거를 타고 출퇴근을 했다. 군복을 입을 때는 비가 와도 우산을 쓸 수 없어 우의를 입어야 했다. 밤에 해안가의 부대에서(우리는 아빠의 직장을 '부대'라 불렀나) 사이렌이 울리면 아빠는 자다가도 벌떡 일어나 군복으로 갈아입고 자전거에 올라타 부대를 향해 달려야 했다. '비상'과 '출동'이었다. 군인 아파트의 수가 턱없이 부족해 우리는 셋집을 전전하다가 결국 산 밑의 두 동짜리 3층 아파트에 전세를 얻었고, 아빠의 동기 아저씨들이 가족을 데리고 하나둘 이사 와 우리는 마을을 이루어 살았다.

고만고만한 나이의 군인 자녀들은 매일 이 집 저 집을 건너다니며 놀았다. 아빠들은 퇴근 시간이면 자전거를 몰고 집으로 달려왔다. 주말에는 고기를 재어 계곡으로, 바다로 놀러 갔다. 야외에서 텐트를 치고 고기를 굽는 건 무조건 아빠들의 몫이었다. 우리 집에서는 일요일 아침식사 당번도 늘 아빠였다. 우리 아빠는 특별한 케이스도 아니던 것이, 내 친구의 아빠는 평소에도 딸의 머리를 묶어주고 김밥도 싸고 만두도 빚을 정도였다.

토요일 정오가 지나면 이른 퇴근을 하는 군인들과 그들이 탄 수백 대의 자전거가 시내 도로를 가득 메웠다. 생각해보면 참 이상한 세계였다. 누구도 가정적이려 애쓰지 않았지만 당연히 가정이 최우선이었고, 누구도 억지로 시간을 내려고 노력하지 않았다. 그냥 자연스럽게 그렇게 된 거였다.

그때는 다들 가난했고 군인 월급이라는 것은 정말 겨우 겨우 입에 풀칠이나 할 정도였지만, 그 세계는 기이할 정도로 낙천적인 안정감을 바탕으로 돌아가고 있었다는 느낌이 든다. '우리는 다들 못살고, 우리에게는 대단치는 않지만 내일이 있어. 그리고 그 내일은 오늘과 별반 다를 바 없이 괜찮을 거야'의 느낌이라고 해야 할까. 그 시절에는 그 느낌이 갑갑했지만 지금은 아니다. 지금 우리에게 가장 필요한 건 어쩌면 그 느낌이 아닐까.

덴마크의 이야기를 읽으며 하릴없이 오랜 기억들을 떠올린다. 올봄에는 나도 자전거를 한 대 사야겠다. 여전히 행복한지 아닌지는 잘 모르겠지만, 행복해지기 위한 시도는 해볼 수 있을 테니까.

관대한 마음은 어디서 파나요?

하루 종일 집에 틀어박혀 거의 누구와도 만나지 않고 대화도 나누지 않는 생활이다. 예전에는 내가 이런 삶을 견딜 수 있을까, 싶었는데 이렇게 사는 데도 적응이 되어 할 만하다. 어차피 나에게는 가족이 있어서 그들과 부대끼는 것만으로도 에너지를 빼앗긴다. 게다가 지난 몇 년간 카페를 열어 무작위로 찾아오는 손님들을 상대하고 작업실에서 다른 이들과 함께 지내느라 알게 모르게 완전히 지쳐버렸던 것 같다. 지금 나는 소진되었던 에너지를 회복하는 중이다.

하지만 다시 생각해봐도 내가 혼자 지내는 생활을 그럭저럭 견딜 수 있게 된 것은 가족 덕분이다. 혼자 있고 싶어도 그럴 수가 없는 상황이니까. 만약 내가 결혼을 하지 않았더라면 어땠을까. 아마 외로워 죽겠다며 징징대고 있었겠지.

이런 나에게도 인간관계라는 건 큰 문제다. 내내 누군가를 미워하거나, 신경질을 부리거나(혼자서), 도대체 무엇이 잘못되어 이런 일이 생겼는지, 내가 그 상황에서 어떤 식으로 처신해야 했는지에 대해 골똘히 생각하는 일의 연속이다. 어차피 누굴 만나지도 않으면서 도대체 왜 이러고 있는지 모르겠다.

이해할 수 없는 말과 행동을 하는 사람들에게 화가 난다. 특히 나는 무례한 사람들을 잘 견디지 못하는데, 그렇게 상대의 무례함에 화를 내다 보면 나 자신도 딱히 예의 바른 사람은 아니라는 가슴 아픈 결론에 도달한다. 아니, 실은 나는 무례한 사람이다. 전형적인 내가 하는 것은 괜찮고 남이 하는 것은 안 된다는 심보. 하지만 자기반성 후에도 미움은, 미움은 멈추지 않는다.

그래서 이 미움은 어디로 가느냐 하면, 남편에게로 간다. 세상 누구에게도 할 수 없는 미움에 관한 이야기들을 나는 남편에게 한다. 남편에게 실컷 누군가의 욕을 하고 나면 속 시원하기보다는 자괴감이 든다. 나는 이 정도밖에 안 되는 사람인 것인가.

하지만 내가 좋아하는 우치다 다쓰루 선생님도 집에 오면 부인과 둘이 앉아 남들 욕을 실컷 한다고 했다. 누가 들을까 무서울 정도로 치졸하고 추잡스러운 욕을 실컷. 그래, 사람들에게는 제각기 자신만의 쓰레기통이 필요한 것이다. 내 쓰레기통은 남편일까. 남편이 불쌍하다. 하지만 그런 이야기도 하지 않고 사는 부부관계라는 것은 얼마나 건조하며 경직되어 있을까. 이런 생각을 하며 위안도 한다.

미움은 차곡차곡 눌러서 속에 쌓아두기보다는 적당히 터뜨리는 쪽이 낫다. 애초에 누굴 미워하지 않으면 참 좋겠지

만 그건 환생 후의 과제로 미뤄두겠다.

나는 기분 나쁜 일이 있을 때는 무조건 이해 당사자에게 말한다. 이야기할 수 있는 소재라면 이야기한다. 특히 일에 관한 불만은 숨기지 않는다. 일에 관한 불만은 해결 가능한 것이다. 정 해결이 안 되면 최소한 때려치울 수라도 있으니까. 얼굴도 모르는 천 명, 만 명의 팔로워들에게 남의 뒷담화를 하기보다는, 상대의 얼굴에 대고 이야기하는 쪽이 훨씬 낫다. 나이가 들수록 치사해져서는 안 된다.

하지만 이야기할 수 없는 소재가 있다. "그냥 네 본성 자체가 마음에 안 든다"는 말 같은 건 해서는 안 된다. 그런데 나는 마음에 안 들면 티를 내야 직성이 풀리는 사람이라서, 반드시 내 미움을 드러내고야 만다. 아아 관대한 마음, 그건 어디서 파나요?

사람 사이의 관계라는 것을 어찌해야 좋을지 나는 아직도 잘 모른다. 다만 조금 도움이 되는 방법은 있었다. 관계의 문제는 표면에서는 해결할 수 없다. 표면은 표면일 뿐, 그 일이 지나고 나면 다른 일이 시작될 것이고, 이 사람이 지나가고 나면 다른 사람이 문제를 떠안고 다가올 것이다. 타인은 언제나 나를 모르고 타인은 언제나 나를 실망시키고 타인은 언제나 나를 화나게 한다. 그것이 인간이다. 그것부터 일단 인정하지 않으면 무인도에 가지 않는 한, 아니 무인도에 가도 사는 건 지옥이다. (생각해보니 내 인생이군.)

그런 이유로 나는 누군가와 장시간 붙어 있는 상황을 최대한 피하려 노력한다. 하루 종일 함께 있어도 행복하기만

한 사람은 이 세상에 없다. 부모도, 남편도, 자식도 힘들다. 잘 지내던 사람이 어느 날 갑자기 꼴도 보기 싫어졌다면 우리 사이의 거리가 너무 가까워졌다는 신호인지도 모른다. 사람과 사람 사이에는 적당한 거리감이 있어야 예의를 지킬 수 있다. 하다못해 내가 낳은 아이들의 인생에도 거리를 두어야 한다.

동시에 내가 좋아하는 일을 하면서 내가 좋아하는 인생을 살기 위해 노력한다. 그래야 나의 콤플렉스로 남들을 괴롭히지 않을 테니까. 내가 선택한 것에 대해서는 핑계도 대지 않고 불만도 만들지 않으려고 노력한다. 그리고 무엇보다 관계에 내 전부를 걸지 않는다. 그 사람이 어떻게 굴든 나는 어떻게든 살아갈 것이다.

물론 이런 삶에도 애로사항은 있다. 이를테면 이렇게 외톨이처럼 살아가는 인생. 하지만 어쩔 수 없다. 다 가질 수는 없는 법이니까.

가본 적 없는 아이슬란드

날씨가 춥다. 문을 열자마자 상심하게 되는 날씨다. 의욕이 꺾이고 출생 위도를 원망하게 되는 그런 날씨다.

여기보다 겨울이 긴 나라의 사람들은 어떻게들 살고 있을까. 그런 생각을 하면서 내복을 껴입고 두툼한 터틀넥 스웨터를 입는다. 두꺼운 바지에 울 양말을 신고 거위 털이 두둑하게 든 점퍼를 덧입는다. 마지막으로 털모자를 눌러 쓰고 목도리를 칭칭 감은 후에 발목까지 오는 부츠까지 신고 나서야 집을 나설 수 있다.

집에서 작업실까지 걸어가는 동안 나는 내가 아이슬란드나 노르웨이의 최북단에 사는 여자라 상상해보기로 한다. 내가 아는 가장 추우면서도 현대 문명의 영향 아래 있는 장소이기 때문이다. (카페도 없는 남극이나 북극을 상상하면 너무 암담해진다.) 유치한 상상이다. 하지만 상상만으로는 어느 누구에게도 해를 끼치지 않는다. 내가 아닌 다른 여자라고 생각하니 기분이 좀 나아지는 것 같기도 하다.

그 여자는 볼이 발그레하고 뼈가 튼튼한 여자다. 생선을 즐겨 먹고 책 읽기를 즐긴다. 추운 데는 이력이 났기 때문에 이 정도 추위에 움츠러들거나 절망하지 않는다. 아침마다 곰처럼 껴입고 집을 나서 추위와 눈을 헤치며 동네의 카페까지 씩씩하게 걸어간다. 난롯불의 훈기로 가득한 카페에 도착한 여자는 뜨거운 커피를 한 잔 주문해서는 창가에 앉아 호호 불어 마실 것이다. 계피가 든 달짝지근한 빵도 하나 곁들이면 좋겠다. 그리고 주인이나 카페에서 만난 이웃과 느긋하게 세상 돌아가는 이야기를 나눌 것이다. 들어주는 것도, 말하는 것도 잘하는 여자. 무엇도 자신의 잣대로 평가하지 않고 즐겁게 받아들이는 여자. 카페에서 잠시 시간을 보낸 그 여자는 다시 밖으로 나와 북구의 차가운 공기를 힘껏 들이마신다. 아주 기껍고, 아주 당연한 마음으로.

하지만 현실에서 나는 카페의 손님이 아니라 주인이었다. 2년여 동안 월요일부터 토요일까지 커피를 내리고 이런저런 음료를 만들고 빵을 구우면서 손님을 맞았다. 무척 춥던 날, 석유 난로를 켰다가 뭔가 잘못되어 가게 안이 온통 연기와 그을음으로 가득 찼던 기억이 난다. 창가에 앉아 있던 여자 손님이 뛰쳐나갔었지.

푸근하고 넉넉한 주인이라면 좋았을 텐데 카페를 차리고 나서야 나는 깨달았다. 카페를 좋아한다면 주인이 되기보다는 손님이 되는 쪽이 훨씬 낫다. 나는 추우면 화를 내고 화가 날 때는 그 여자를 상상한다. 북쪽의 작은 마을에서 태어나 단 한 번도 그곳을 벗어나본 적 없을 그 튼튼한 여자를. 내가 알지 못하는 그 여자를.

추운 나라에 사는 사람들. 두꺼운 옷을 입고 뒤뚱거리면서 걷는 모습이 안쓰러우면서도 귀여운 사람들. 추위 때문에 많은 것들이 제한될 테고, 많은 것들에 주의를 기울여야 할 것이다. 땔감을 모아두고 먹을거리를 비축해두고 열악한 상황에서도 어떻게든 힘과 지혜를 짜내야 할 것이다. 추운 건 싫지만 추운 나라에 사는 건 어쩐지 매력적으로 느껴진다.

하지만 아이슬란드에도, 노르웨이에도 가본 적이 없다. 앞으로도 갈 일이 없을 것이다. 아마도. 네 명의 남자배우가 아이슬란드 여행을 하는 TV 프로그램이 있었는데, 나는 그 프로그램을 무척 좋아했다. 심심하지만 쏠쏠하게 재미있었다. TV에서 본 아이슬란드는 광대했고 약간 무시무시했고 엄청나게 추워 보였다. 가장 마음에 드는 것은 그 추위였다. 깨끗하고 단호한 추위. 내가 느끼지 않아도 좋을 추위.

아이슬란드에서의 삶은 어떨까. 사람은 없고 땅은 넓고 가게들은 일찍 문을 닫고. 아마 무척 심심하겠지. 심심하고 싶다. 기억하기로는 십수 년째 심심해본 일이 없다. 제발 심심하고 싶다. 늘 시간에 쫓긴다. 정말 심심하고 싶다. 녹초가 된 채로 집에 돌아와 아이들을 먹이고 재운 후면 멍청히 앉아 TV 화면을 쳐다본다. 마치 모닥불이 타는 것을 바라보듯이. 불꽃놀이가 아니라 모닥불이다. 출연자들이 괴성을 질러대는 불꽃놀이 같은 프로그램은 싫다.

아이슬란드 이야기가 나온 김에 좀 더 나아가서 유디트 헤르만이라는 독일 소설가에게 요즘 푹 빠져 있는데, 그의 소설집 『단지 유령일 뿐』에는 아이슬란드에 사는 커플의 이야기가 나온다. 제목은 「차갑고도 푸른」이다. 아이슬란드 관용구 중에 '얼음같이 차가운 사실, 차갑고도 푸른 사실'이라는 말이 있다고 한다. 추위가 언어에까지 영향을 미치는 것이다. 아이슬란드에 살아서 딱히 이 풍경이 새로울 것도 없는 커플의 집에 독일 친구들이 놀러 오고, 그들 때문에 아이슬란드의 풍경이 다르게 느껴지기 시작하는 이야기로, 좀 더 깊이 들어가면 스포일러가 될 테니 여기까지만. 아무튼 아름다운 소설이다.

아이슬란드 하면 떠오르는 일러스트레이터 엄유정의 『나의 드로잉 아이슬란드』 역시 좋은 책이다. 그림도 좋고 아이슬란드의 작은 마을에서 예술인 체류 프로그램에 참여해 매일 심심하게 그림을 그리는 이야기도 좋다. 예술가는 빛과 어둠을 동시에 끌어안을 수 있는 사람이라고 생각하는데, 이 사람이 그린 아이슬란드의 그림에서도 어렴풋이 그런 것이 느껴진다. 대단하지 않아도 읽다 보면 기분이 좋아지는 책들이 있고, 이 책이 바로 그런 책이다.

그런데 그건 무엇 때문일까. 대단하지 않아도 기분이 좋아지는 것. 그건 어떻게 가능한 걸까.

아주 작은 세계

템플 그랜딘이라는 유명한 자폐인이 있다. 동물학자이기도 하다. 나는 자폐인에 대한 책을 쓰느라 올리버 색스가 템플 그랜딘을 인터뷰한 책도, 그 자신이 쓴 자서전도 읽었다. 겉으로는 평범해 보이는 이 학자는 실은 타인의 감정을 읽지 못한다. 자폐인의 특징이다. 단지 오랜 사회화 훈련으로 그런 척을 할 뿐이다. 대신 그는 다른 자폐인들과는 달리 자신에 대해 이야기할 수 있다. 자폐인이 어떤 것을 생각하고 느끼는지를, 자폐인이란 어떤 사람인지를.

템플 그랜딘은 인터뷰 도중 올리버 색스에게 자신이 고안한 특별한 자위장치를 보여준다(자위기구가 아니라 자위장치다). 일종의 압박기구인데, 그는 그것을 '포옹기계'라 부른다. 소에게 쓰던 장치를 개량한 것으로 그 안에 몸을 눕히면 원하는 강도로 몸을 꼭 죄어준다. 그는 그 장치로 몸을 조일 때 말할 수 없는 편안함을 느낀다고 했다.

자폐인에게는 외부의 자극이 너무 크다. 감당할 수 없을 정도로 크다. 그래서 내가 만난 자폐인 청년에게는 이 세상에서 살아가는 일 자체가 엄청난 스트레스였다. 소리들, 특히 아이 울음소리 같은 것은 그를 너무나 힘들게 한다. 왜 해야 하는지도 모르면서 사람들에게 인사를 하고 말을 걸고 고맙거나 미안하다고 말해야 한다. 남들을 불안하게 만드는 자폐성 장애의 특징적 반복 행동들, 혼잣말을 하거나 자기 몸을 때리는 행동들을 참아야 한다. 그래서 그는 혼자 있을 때 귀가 터질 것처럼 큰 소리로 음악을 듣거나 몸을 앞뒤로 크게 흔들어 스트레스를 해소하곤 했다.

같은 이유로 템플 그랜딘에게는 그 포옹기계가 도피처였을 것이다. 몸을 꽉 조일 때 느껴지는 강한 자극이 다른 소소한 자극들을 상쇄시켜준다. 엄마의 품에 꼭 안겨 있는 것처럼. 외부의 어떤 것도 그 안으로 침투하지 못할 듯이. 그 안은 하나의 작은 세계일 것이다.

얼마 전 서울에 갔다가 약속 시간까지 여유가 있어 쇼핑몰을 돌아다니며 못했던 쇼핑을 하기로 했다. 나는 쇼핑을 별로 좋아하지 않는다. 예전에는 좋아했던 것 같은데 지금은 너무 피곤하다. 원하는 물건을 발견해 그대로 집어들고 빨리 집으로 돌아가고 싶은 마음뿐이다. 나는 (쇼핑을 싫어하는) 남자가 되어가는 걸까.

그날 나는 한 상점에서 바지를 고르는 중이었는데, 그러는 동안 점점 지쳐가고 있었던 것 같다. 바지를 입어보려 피팅룸에 들어갔을 때였다. 커튼을 치고 불이 켜지는 순간 갑자기 마음이 너무나 편안해졌다. 그 좁은 공간, 외부의 무수한 자극으로부터 차단된 그 비좁고 고요한 공간에 홀로 있으려니 안도감이 밀려왔다. 가능하다면 몇 시간이라도 거기 있을 수 있을 것 같았다. 지금 이 순간 이 넓은 서울에서 내가 평온함을 느낄 장소는 그 피팅룸, 손바닥만 한 피팅룸뿐인 것 같았다.

그것과 템플 그랜딘의 자위장치가 다른 종류라고 생각하지 않는다. 대학 때 한 친구는 화장실 안에서 홀로 밥을 먹는 자신의 모습을 영화로 찍었는데, 아마 그도 그런 것을 알고 있었을 것이다.

그런데 계속 그 안에 있다가는 영원히 빠져나올 수 없을 것만 같은 기분이 들어, 나는 황급히 그곳을 나왔다.

아이를 낳고 키우기 전, 나의 포부는 엄청났다. 다시는 나 같은 실패작을 만들지 않겠다는, 내 부모의 과오를 되풀이하지 않겠다는 야심으로 가득 차 있었다. 그러니까 나는 아이 키우기를 일종의 프로젝트나 실험으로 생각했는지도 모른다. 하지만 아이는 실험 대상이 아니라 인간이었다. 내 몸에서 나왔으나 나와는 다른, 자신만의 의지로 움직이는 인간.

첫 아이의 성격은 나와 비슷했다. 예민하고 극성스러웠다. 잠시도 가만히 있지 않으면서 낯선 것이라면 질색을 했다. 나 역시 그런 아이였기에 내 부모님이 그랬던 것처럼 아이를 통제하고 조련하기보다는, 무조건 아이의 선택과 자유를 인정해주겠노라고 다짐하고 또 다짐했다. 그런데 몇 년간의 실험 아닌 실험이 끝난 후에 나와 남편은 깨달았다. 울타리가 없는 자유는 아이에게는 혼란일 뿐이라는 것을.

솔직히 말해서 왜 배가 고프지도 않은데 밥을 먹어야 하는지, 왜 졸리지도 않은데 자야 하는지, 왜 유치원에 꼭 가야 하고, 왜 학교에 다녀야 하고, 왜 공부를 해야 하는지, 그 질문을 받으면 나 자신도 답이 궁색했다. 그러게, 왜 그래야 하는 거지? 대체 왜?

그런 아이의 질문에 대고 밥을 잘 먹고 잠을 잘 자야 건강한 어린이가 되고, 시키는 대로 잘해야 착한 어린이가 되고 좋은 어른이 되며, 공부를 열심히 하고 학교에 잘 나가야 훌륭한 사람이 된다는 답을 할 정도로 나는 순진하지 않았는데, 어쩌면 그 점이 문제인지도 몰랐다. 나는 그 문제에 대해 궁리하느라 우물쭈물했고, 그러는 사이 아이는 내가 우물쭈물하고 있다는 걸 간파했다. 아이는 이리로 갔다 저리로 갔다 하면서 정신을 차리지 못했다.

뒤늦게 그걸 깨달은 우리는 아이에게 울타리를 만들어주기 위해 애를 써왔다. 가끔은 이렇게 해야 하나 싶을 때도 있었지만 그럴 때는 깊이 생각하지 않으려 노력했다. 인간의 본성, 자유, 뭐 그런 것 따위는 집어치우자. 머리로 키우지 말자. 마음으로 키우자. 한 번의 말로, 한 번의 실수로 망가지는 인생은 없다. 그런 것으로 망가져버린다면 처음부터 잘못된 것이다. 우리는 인간의 한계를 인정하면서 운명의 관대함을 믿어보기로 했다.

나는 너른 울타리를 만들고 아이들에게 그 안에서는 어떻게 하든 괜찮다고, 그것은 네 자유라고, 너의 선택이고 너의 인생이라고 알려주었다. 아니, 매번 그러지는 못했겠지만 그러려고 노력해왔다. 하지만 울타리를 무너뜨리지는 않았다. 너무 멀리 나가려 할 때면 그 애들을 붙잡았다. 그럴 때는 단호해야 했다. 아이들이 두려워할 때는 보호해주었다. 그게 울타리가 해야 할 일이니까. 아이들이 자랄수록 울타리는 조금씩 더 넓어져야 했다. 나중에는 울타리가 눈에 보이지도 않을 정도로.

아이들은 나이를 먹어가며 실패하거나 좌절하는 순간마다 그 울타리를 떠올릴 것이다. 그럴 때 내게 울타리가 있다는 것이, 넘어져도 안아줄 사람이 있다는 것이 얼마나 든든할까. 그러다 결국 부모인 우리가 사라진다고 해도 그 울타리는 사라지지 않고 남아 있을 것이다. 이제 그 애들은 스스로 울타리를 만들 수 있는 사람이 되었을 테니까. 그럴 수 있기를 바란다.

세계는 너무나 크고 넓다. 우리는 무엇이든 선택할 수 있고, 선택해야 하고, 또 그 선택의 결과에 책임을 져야 한다. 그게 인생의 가장 고달픈 점이다. 무엇이든 될 수 있다고 할 때 해방감을 느끼는 사람도 분명 있겠지만, 그게 아닐 수도 있다는 걸 깨닫는다. 너무 많은 자유는 때로 너무 큰 부담일 수 있다는 사실도. 우리는 눈에 보이지 않는 울타리에 의지해서 살아가고 있다는 사실도. 그리고 울타리가 있기에 그걸 뛰어넘는 쾌감이 있다는 사실 역시.

세상에서 가장 귀한 것

밤잠이 많아 밤을 새우는 것이 정말 싫다. 대학에서 영화를 전공했지만 영화 일은 하지 않겠다고 결심한 이유도 영화를 찍다 보면 밤을 새울 때가 부지기수였기 때문이다. 며칠씩 밤을 새우니 이러다 죽겠다 싶을 정도였다. 그래서 졸업 후 밤샘 따위는 없는 평범한 직장인이 되기 위해 잡지사에 입사했는데 웬걸, 여기도 밥 먹듯이 밤을 새우는 곳이었다.

마감일이 닥치면 이틀에서 사나흘의 밤샘은 기본이었다. 밤을 새우는 것이 싫었지만 편집장도 퇴근을 못 하는 마당에 대놓고 퇴근한다고 말할 수가 없었다. 그래서 나는 밤 11시쯤 지갑과 휴대폰만 챙겨 잠깐 편의점에라도 가는 듯 사무실을 쓰윽 빠져나와서는 지하철을 타고 집으로 갔다. 그리고 그대로 쓰러져 잔 후 새벽 4시쯤 일어나 첫차를 타고 다시 사무실로 돌아왔다. 다른 기자들은 다들 의자에 앉은 채로 기절해 있었고 나는 상쾌한 기분으로 원고를 썼다.

요즘 나는 새벽 5시에서 6시면 잠에서 깬다. 처음에는 TV를 보느라 늦게 자고 늦게 일어나는 습관 때문에 힘들었지만 몇 번 반복하다 보니 익숙해졌다. 습관은 순전히 몸의 문제다. 새로운 습관이 몸에 배는 데는 시간이 필요하다. 1주일에서 2주일 정도 마음을 굳게 먹고 반복하다 보면 그렇게 어려웠던 일도 어느 순간 당연해져 있다.

사람마다 다르겠지만 내 경우엔 이른 아침에 일할 때 가장 능률이 좋다. 오전 6시부터 10시까지가 가장 집중력이 좋은 시간이다. 깨어난 시간부터 시작해서 오후로 갈수록 능률이 떨어진다.

집중력도 집중력이지만 새벽에 일찍 일어나 홀로 깨어 있는 사람이 되는 것, 그 자체가 마음에 든다. 집을 빠져나와 운동화를 신고 잠든 동네를 조용히 걸어갈 때면 가슴이 벅차오른다. 남들보다 먼저 일어났다는 사실 때문만이 아니라, 남들이 알지 못하는 기쁨을 누리고 있다는 사실 때문에. 그건 마치 누구도 밟지 않은 눈 위에 발자국을 찍는 기분이나 같다. 세상을 정복하기라도 한 기분이다.

겨울에는 6시에 일어나도 충분하다. 밖은 밤이 채 가시지 않았다. 여름에는 6시면 너무 늦다. 6시만 되어도 세상이 부끄러울 정도로 환해지기 때문이다. 5시, 아니 4시에는 일어나야 한다. 밤이 물러나고 아침이 시작되려는 시간. 이 시간에 밤과 낮은 다른 색깔의 물감처럼 섞이지 않은 채 부드럽게 뒤엉켜 있는데, 그 귀한 풍경을 보기 위해 나는 기어이 눈을 떠 운동화를 신고 밖으로 나간다.

익숙한 골목을 따라 걷는 동안 밤은 파티장에서 즐거운 시간을 보낸 술에 취한 아가씨처럼 비틀거리면서 물러날 채비를 한다. 동시에 머리를 질끈 묶은 청소부가 바닥에 물을 뿌려 지난밤의 흔적들을 말끔히 닦아내는 것처럼 아침이 온다. 공기는 정말로 상쾌하다. 실제로는 미세먼지 범벅이라도 어쩌나 상쾌하고 시원한지 한여름에도 몸에 소름이 다 돋는 것 같다. 이것도 일찍 일어나는 사람들만이 누릴 수 있는 사치다.

한 여배우는 매일 새벽 5시에 일어나면 세상에서 가장 귀한 것을 갖는 기분이라는 말을 했다. 그 말을 듣고 나니 나의 아침 시간이 더 귀중해졌다. 늦은 밤의 영화 시청과 달콤한 새벽잠을 포기하고도 쟁취할 이유가 충분한 귀한 것. 세상에서 가장 귀한 것.

한때는 나도 일찍 일어나는 것이 고통스럽기만 했다. 하루 동안 이어질 수많은 고통의 포문을 열 듯 겨우겨우 눈을 떴다. 아침에 일어나는 것이 더는 고통이 아니게 되면서부터 내 고통의 리스트는 짧아졌다.

다른 건 몰라도 아침에 눈을 뜨는 것만큼은 나의 의지로 하고 싶다. 눈을 뜨면서부터 누군가에게 멱살을 잡히듯 끌려다니는 것이 싫다. 늘 '자기 의지'라는 것에 대해서 많이 생각한다. 자기 의지로 살아가는 삶에 대해서. 하지만 자기중심적이고 싶지는 않은데, 어떻게 그 두 가지를 구분할 수 있을지에 대해서도 많이 생각한다.

아무튼 나는 매일 나의 의지로 새벽에 일어나 일하기

전 30분 동안 산책을 한다. 땀을 흘려야 할 정도의 난코스도 아니고 파워 워킹으로 걷는 것도 아니다. 그저 주머니에 손을 꽂은 채 운동화를 신고 동네를 어슬렁어슬렁 걷는 것뿐이다.

이 산책이 하루의 나를 만든다. 하루 종일 이 일 저 일에 끌려다닐 수밖에 없고 타인이 나, 또는 내가 만들어내는 상품을 선택해주지 않는다면 먹고살 수 없는 이 현실 속에서, 나는 내 자발적인 의지로 하루를 시작한다. 나는 이 30분의 산책으로 내가 바라는 나의 모습에 조금, 아주 조금 가까워진다.

집으로 돌아가는 길에는 산 아래에서 키우는 닭들이 운다. 닭보다 일찍 하루를 시작했다는 사실에 혼자 뿌듯해한다. 산책을 마치고 돌아와 커피를 마시고 대충 요기를 한 후에 거실의 넓은 테이블 앞에 앉아 일을 하기 시작한다.

커다란 나무가, 이름을 알지 못하는 커다란 나무가 창밖에서 나를 바라본다. 새들이 각기 다른 소리로 끊임없이 지저귄다. 사람들이 왜 나무를, 새들을, 꽃을, 산과 들과 바다를, 자연을 가까이 두려 하는지 알 것 같은 기분이다. 무척 자연스러운 기분이 든다. 놀 때가 아니라 일할 때도 자연스러운 기분이 드는 것이 얼마나 중요한지 알겠다.

그 여배우는 또 이렇게 말했다. 만물이 잠들 때 잠들고 싶고 만물이 깨어날 때 깨어나고 싶어요. 나도 그렇게 살고 싶다.

닫는 글

작가들은 언제나 자신의 일, 그러니까 글쓰기에 대해 온갖 고상하고, 비극적이고, 아름답고, 거창한 비유를 가져다댄다. 글 쓰는 사람 말고는 다른 어떤 분야의 예술가들도 그렇게 하지 않는 것 같은데, 유독 글 쓰는 사람들만 그렇게 한다. 그게 좀 웃기게 느껴질 때도 있고 고개를 끄덕이게 될 때도 있다.

그런데 작가 애거서 크리스티는 그렇지 않았다. 수많은 추리소설을 써낸 이 작가는 아무 데서나 글을 썼다. 때로는 부엌 식탁에서도 글을 썼다. 그리고 글 쓰는 일을 베개에 수를 놓거나 도자기에 그림을 그리는 일 정도로 여겼다고 한다. 나는 이런 태도가 무척 마음에 든다.

또 애거서 크리스티는 이런 말도 했다. "작가가 되어 받은 축복이 있다면, 혼자서 내밀하게 그리고 스스로 정한 시간에 일할 수 있다는 점입니다."(타니아 슐리, 『글 쓰는 여자의 공간』 중에서) 공감, 대공감입니다.

생각해보면 내게 글을 쓰는 일은 뜨개질에 가까운 것 같다. 이 뜨개질은 한가하게 앉아 '뜨개질이나 해볼까'로 시작해서는 결국 '내 반드시 끝을 보고야 말리라'는 전투적인 자세로 돌변할 때가 태반이다. 처음에는 대충대충 성기게 뜨지만, 나중에는 다시 돌아가 성긴 부분을 조여주고 다른 실과 다른 짜임을 채워 넣어야 한다. 때로는 떴던 실을 풀고 다시 떠야 할 때도 있다.

그렇게 해서 나는 손바닥만 한 티매트를 뜨기도 하고, 커다란 이불을 뜨기도 한다. 아무래도 티매트 쪽의 완성도가 더 나을 것이다. 커다란 이불은 모양이 좀 비뚤어지거나 여기저기 구멍이 숭숭 뚫리거나 무늬가 이상한 부분도 있다. 하지만 어쩔 수 없지. 이

불은 따뜻하면 그만이다.

같은 일을 반복하는 것이 싫어서 매번 책을 쓸 때마다 다른 시도들을 하는데, 이번 책에서는 좀 헐거워지고 싶었다. 작가가 빈틈없는 판을 짜놓으면 독자가 헤엄칠 자리가 줄어든다. 나는 내 책을 읽게 될 분들이 알아서 자신만의 의미를 찾아주시리라 믿고, 그렇게 헐거운 부분들을 많이 만들어두고 싶었다. 조금 성기고 투박하더라도 따뜻하고 넓은 이불을 짜고 싶었다.

내가 쓴 글의 소재가 되어준 모든 이들에게 감사한다. 그 사람들이 실제로 내가 쓴 글에 묘사된 그런 사람은 아닐 것이다. 그건 그저 좁디좁은 내 눈과 마음에 비친 그 사람들일 뿐이다. 평소 세상 모든 사람을 좋아하고 존경하지는 못하지만(휴머니스트 출판사에서 제 책이 나오지만 저는 휴머니스트가 아니랍니다. 호호호). 그래도 내 글에 등장하는 사람들만큼은 좋아하고 존경하고 있다.

좋은 독자를 만나면 더 잘 쓰고 싶어진다. 책에 실린 글을 쓰는 약 1년 동안 자기만의 방의 편집자들은 나의 유일한 독자였다. 사람은 나이가 들면 남들이 자기 얘기에 웃어주는 이유가 스스로 그만큼 유머감각이 뛰어나서라고 착각하기 마련이다. 그리고 내 별 것 아닌 유머에도 격하게 웃어주고 좋아해주신 이분들 덕에 심한 착각에 빠져 이런 책을 쓰게 되었다(그러니까 책임지시란 말입니다!). 아무튼 이 책에 좋은 기운이 조금이나마 배어 있다면 그것은 내 기운이 아니라 이 편집자들의 기운일 것이다.

그리고 나는 다섯 시간 내내 서서 일하고 돌아와 아이들의 밥을 차려주고 수학 문제집 푼 것을 봐주고 아이들을 재운 뒤 배가 고파 만두를 튀겨 먹으며 이 글을 쓰고 있다. 눈꺼풀이 감긴다. 아무래도 무리하고 있는 것 같다. 무리하면 안 되는데….

Editor's letter

하다 마는 일, 좋다가 식어버리는 일, 그래서 결국 지속하지 못하는 일…들을
참 많이도 하고 살았구나 싶습니다. 모두 '무리하지 않는 선'을 모른 탓입니다. **민**
원고 순서를 정할 때 「세상에서 가장 귀한 것」은 무조건 마지막에 넣고 싶었습니다. 마지막 글이
끝맺음보다는 '새것 같은 하루를 기대하'는 마음을 전해주기를 바랐거든요. 에디터로서 끝까지
행복하게 만든 책이었습니다. 자방 주민들께도 그 에너지가 전해졌으면 좋겠습니다. **희**
'무리하지 않는 선에서'. 이토록 멋진 삶의 태도가 있을까요.
시간이 가져다주는 삶의 태도라면 어쩐지 조금 가불해오고 싶은 마음이에요.
작가님처럼 좋아하는 일을 오래오래 하기 위해서요. **현**
누군가에게 부탁을 해야 할 때마다 "무리하지 않는 선에서, 부팅드립니다"라고 쓰는 게 버릇이
되어버렸습니다. 그런데 정작 나는 그 선을 잘 지키고 있나? 생각해보면, 스스로에게 미안해져요.
오늘은 나 자신에게도 말해주고 싶습니다. 무리하지 않는 선에서, 잘 부탁해! **령**

무리하지 않는 선에서

1판 1쇄 발행일 2019년 4월 9일
1판 11쇄 발행일 2024년 12월 9일

지은이 한수희
그린이 서평화
발행인 김학원
발행처 (주)휴머니스트출판그룹
출판등록 제313-2007-000007호(2007년 1월 5일)
주소 (03991) 서울시 마포구 동교로23길 76(연남동)
전화 02-335-4422   **팩스** 02-334-3427
저자·독자 서비스 humanist@humanistbooks.com
홈페이지 www.humanistbooks.com
시리즈 홈페이지 blog.naver.com/jabang2017
디자인 스튜디오 고민   **용지** 화인페이퍼   **인쇄** 삼조인쇄   **제본** 해피문화사

자기만의 방은 (주)휴머니스트출판그룹의 지식실용 브랜드입니다.

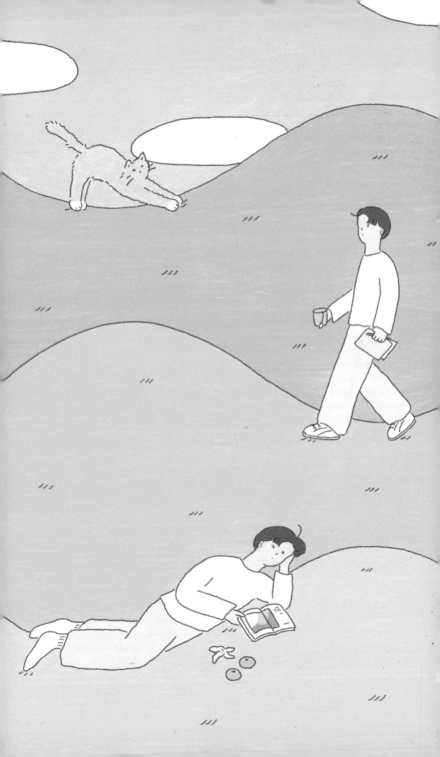